신
―
게
임

KAMISAMA GAME

ⓒ Yutaka MAYA 2015
All rights reserved.
Original Japanese edition published by KODANSHA LTD.
Korean translation rights arranged with KODANSHA LTD.
through JM Contents Agency Co.

이 책의 한국어판 저작권은 JMCA를 통한 저작권사와의 독점 계약으로
내친구의서재에 있습니다.
저작권법에 의해 한국 내에서 보호를 받는 저작물이므로 무단전재와 복제를 금합니다.

신――게임

神様ゲーム

마야 유타카 장편소설 | 김은모 옮김

차례

생일 …… 005
신 …… 019
범인 …… 043
천벌 …… 083
히데키 …… 105

죽음 …… 139

히데키 …… 161
천벌 …… 187
범인 …… 201
신 …… 221
생일 …… 235

옮긴이의 말 …… 247

생일

"요시오, 생일 축하해!"

전등이 꺼지자 어둠 속에 촛불 열 개가 희미하게 떠올랐다. 빨강, 노랑, 파랑, 초록. 색색의 촛불이다. 마치 거리의 야경처럼 아름답게 반짝이는 불빛이 케이크 위에 펼쳐졌다.

7월 11일. 오늘은 내 열 번째 생일.

후, 하고 세게 불자 오렌지색 불빛이 좌우로 크게 흔들리다가 차례차례 꺼졌다. 촛불 하나하나가 내 생일을 진심으로 축복해주기라도 하는 것처럼.

그런데 제일 멀리 있는 빨간 촛불 하나만 꺼지지 않고 남았다. 내가 온 힘을 다해 불어도 끄떡없다는 듯, 케이크

가장자리에서 더욱 기운차게 타올랐다.

"하나 남았구나. 마무리가 안 좋았어."

옆에 앉아 있던 아빠가 안타깝다는 듯 웃었다. 하하, 하고 웃는 나지막하면서도 커다란 목소리가 어두운 거실에 메아리쳤다.

"그러고 보니 작년에도 딱 하나 남았었지. 왜 그럴까?"

앞치마를 걸친 엄마가 아픈 곳을 찌르듯이 중얼거렸다. 촛불 하나만 남아서 어두침침했지만, 가느다란 목을 기울이고 난처한 표정을 짓는 엄마의 얼굴만은 그럭저럭 알아볼 수 있었다.

하지만 이 어중간한 상황 때문에 제일 난감한 사람은 나였다.

이왕 꺼지지 않을 거라면 서너 개쯤 남아도 될 텐데. 그러면 포기하고 넘어갈 마음도 들 것이다. 하지만 딱 하나 남으면 아깝달까, 1년에 한 번뿐인 생일을 맞이했는데 나이를 제대로 먹지도 못하고 지나치는 듯한 기분이다.

엄마 말대로 작년에도 제일 멀리 있는 촛불 하나가 남았었다. 이번과 마찬가지로 빨간 촛불이. 약이 올라서 똑똑히 기억한다. 그리고 엄마는 잊은 모양이지만, 재작년에도 빨간 촛불 딱 하나만 남아 있었다. 그전의 생일은 기억나지 않지만 역시 빨간 촛불 하나가 꺼지지 않고 남았던 것 같기도 하다. 어쩌면 그 전해도, 또 그 전해도 역시 빨간 촛불만 남아 있었을지 모른다.

분명 생일날 빨간 촛불 하나만 남는 것이 내 운명이다.

몹시 우울했다.

엄마 아빠 둘 다 내 생일을 잘못 알아서 하루 전에 축하하고 있는 건 아닐까. 그런 말도 안 되는 의심까지 해보았다. 실은 아직 아홉 살인데, 하루 일찍 열 살 생일을 축하해서 이런 꼴을 당하는 걸까.

당연한 이야기지만 내가 태어난 날은 기억나지 않는다. 내가 가진 첫 기억은 네 살 때, 전에 살던 관사의 베란다에 넘어져 울던 기억이다. 그전에는 어땠는지 아무리 머리를 쥐어짜도 아무것도 떠오르지 않는다. 세 살 무렵까지 엄마를 '음마'라고 불렀다는 것도, 왠지 모르지만 일회용 라이터에 관심을 보여서 아빠가 아무 데나 놓아두면 바로 만지려 했다는 것도, 나중에 듣고야 기억에 새겨 넣었을 뿐이다.

신神이 아직 생일이 아니라고 경고하기 위해 이렇게 불길한 현상을 일으키는 것 같아 영 기분이 찜찜했다. 어처구니없는 생각이지만 이런 일이 계속되면 진심으로 믿어보고 싶기도 하다. 진짜 생일에 촛불을 끄면 분명 전부 꺼지지 않을까, 하고.

나는 될 대로 되라는 기분으로 마지막 촛불을 향해 후, 하고 입김을 세게 불었다. 작년과 마찬가지로 촛불은 싱겁게 꺼졌다. 애타게 기다렸다는 듯 거실 전등이 확 켜졌다.

천장의 전등 불빛이 테이블 위의 새하얀 생일 케이크를 비췄다. 케이크 위에는 고생해서 끈 촛불이 열 개. 한가운데에는 진짜를 본떠 만든, 곰돌이 푸가 가벼운 몸놀림으로 서핑하는 모양의 설탕 과자가 얹혀 있고, 초콜릿으로 만든 서핑보드에는 흰색 글씨로 '생일 축하해 요시오'라고 적혀 있다. 나는 곰돌이 푸보다 슈퍼에서 파는 다비레인저 케이크를 좋아하지만, 엄마는 제과 회사에서 한꺼번에 찍어내는 것보다 수제가 맛있다면서 늘 역 앞의 로베르트라는 가게에서 곰돌이 푸 케이크를 사온다. 확실히 맛만 따지자면 곰돌이 푸가 더 맛있기는 하다.

이제 열 살이나 먹었으니 그런 부분에서는 한발 양보해야 할지도 모르겠다.

"내년에는 꼭 전부 끄렴."

아빠가 커다란 손으로 내 머리를 두세 번 쓰다듬었다. 아니, 아빠야 쓰다듬었겠지만 마치 때리는 것처럼 아팠다.

형사인 만큼 아빠의 몸은 탄탄한 근육질이다. 고등학교 시절에는 유도도 수준급이었는지 현縣 대표로 뽑힌 적도 있다며 자랑하곤 했다.

하지만 나는 반에서 몸집이 작은 편이고 운동 실력도 평균 이하다. 나야 엄마가 작으니까 이미 반쯤 포기했지만, 아빠는 "내가 이렇게 큰데 요시오는 왜 이렇게 안 클까?"라고 늘상 걱정한다. 올해는 촛불을 전부 꺼서 부담스러운 그 말을 떨쳐내고 싶었다. 하지만 내년에도 결국 꼭 하나가 남지 않을까. 어쩐지 불길한 예감이 들었다.

"내년에는 촛불이 하나 늘어나니까 더 힘들겠네. 폐활량을 키워야 할 텐데. 그러려면 골고루 잘 먹어야 해."

아니나 다를까, 엄마는 잔소리를 늘어놓고 칼로 케이크를 잘랐다. 그리고 여섯 조각 가운데 하나를 내 앞에 놓아주었다. 6분의 1. 애써 큼직하게 만든 케이크를 작게 가르다니 보기만 해도 아깝다. 중학생이 되면 커다란 케이크를 통째로 덥석덥석 먹어야지. 그게 꿈이었다.

자그마한 나의 장래 희망.

"나머지는 내일 먹자."

그렇게 말하고 엄마는 접시에 담은 케이크 세 조각을 찬장에 넣었다. 그리고 찻주전자에 담긴 홍차를 따라주었다.

잠이 안 올 거라며 딱 한 잔만. 홍차도 중학교에 들어가면 석 잔씩 마셔야지. 중학생이 되면 홍차든 커피든 마음대로 마셔도 된다고 아빠가 허락했다.

"자, 요시오! 생일 선물이다."

케이크를 한 입 먹었을 때, 아빠가 등 뒤에서 커다란 상자를 부스럭부스럭 꺼냈다. 장난감 가게 마루이의 포장지. 아까부터 아빠 등 너머로 슬쩍슬쩍 보여서 계속 신경 쓰였다.

다비레인저의 제노사이드 로봇 딜럭스 완전판을 갖고 싶다고 했는데, 과연?

아빠는 형사 일이 바빠서 내가 잠들기 전에 퇴근한 적이 거의 없고, 쉬는 날에도 자주 집을 비운다. 그래서 엄마를 통해 부탁했는데, 제대로 전해졌을지 불안했다. 작년에는 타클라마칸5의 네크로필리아 로봇을 부탁했는데, 정작 받은 것은 합체 변신이 안 되는 싸구려였다. 값싼 로봇이야 게임 소프트를 꾹 참고 포기하면 살 수 있지만, 딜럭스 완전판은 비싸서 이럴 때가 아니면 못 가지는데.

"뜯어봐도 돼?"

올해는 꼭 딜럭스 완전판이기를 기도하며 포장지를 북북 뜯었다. 상자 한가운데에 적힌 'DX 완전판'이라는 금색 글자가 눈에 들어왔다.

"아빠, 고마워!"

분명 나는 아주 기쁘게 웃었으리라. 아빠는 "비싸게 주고 샀으니까 조심해서 가지고 놀아" 하고 무뚝뚝한 눈을 가느다랗게 뜨고 만족스러운 듯 고개를 끄덕였다.

촛불이 하나 남긴 했지만 최고로 행복한 생일이었다.

"저기, 아빠? 고양이 학살사건 범인은 아직도 안 잡혔어?"

마지막으로 입에 넣은 곰돌이 푸 설탕 과자를 홍차와 함께 삼키고 나는 진지한 말투로 물었다.

고양이 학살사건이란 내가 사는 가미후리神降(신이 내려온 곳이라는 뜻—옮긴이) 시에서 연속해서 발생 중인 악질적인 사건이다. 5월부터 요 두 달 사이, 거리를 돌아다니는 길고양이 네 마리가 차례차례 죽었다. 그것도 그냥 죽은 게 아니라 첫 번째는 머리와 꼬리가 잘리고 두 앞발이 묶인 채 매달렸고, 두 번째는 왼쪽 앞다리와 뒷다리가 밑동 부분에서 잘린 채 엎어져 있었다. 세 번째는 더욱 지독하게도 앞다리와 뒷다리가 몽땅 잘렸고, 네 번째는 머리와 뒷다리가 절단되었다.

잘라낸 다리들은 현장에 남아 있지 않았으므로 범인이 가지고 돌아갔거나 다른 장소에 묻었으리라고 추정됐다. 도저히 정상적인 인간의 짓이라고는 볼 수 없어서 고양이가 끔찍하게 죽임을 당했다는 기사가 신문에 날 때마다 엄마는 근처의 어린아이가 살해당하기라도 한 것처럼 겁에 질려 벌벌 떨었다. 우리 지역에 그런 위험한 인간이 살고 있다니, 믿기지도 않고 믿기도 싫은 모양이었다.

"고양이 학살? 아아, 그거. 아직 안 잡혔어. 하지만 지난주부터 수상한 사람에 대한 불심검문을 강화했고, 모두 열심히 수사하고 있지. 게다가 이렇게 작은 동네에서 그런 일이 계속 일어날 리 없잖니. 안심해도 돼."

재빨리 케이크를 먹어치우고 홍차 대신 맥주를 마시던 아빠는 프로야구 중계방송을 보면서 느긋하게 대답했다. 집에서는 일 이야기를 하지 말라고 엄마가 경고했었지만, 이 사건은 특별하다. 아니나 다를까 엄마가 "요시오!" 하고 야단치듯 큰 소리로 제지했지만 물러설 수 없었다.

왜냐하면 같은 반 친구 미치루가 아끼던 하이디가 사흘 전에 네 번째로 희생됐기 때문이다. 미치루가 사는 맨션은 반려동물 금지니까 정확하게 말하자면 미치루가 기르던 고양이는 아니다. 맨션 뒤편의 자전거 주차장을 중심으로 어슬렁거리는 길고양이였는데, 미치루가 이따금 밥을 챙겨주었다.

하이디는 온몸이 새하얗고 발끝만 까만 고양이였다. 목걸이가 있으니 어느 집에서 도망쳐 나온 게 아닐까 싶었다. 비취 같은 눈동자와 쭉 뻗은 수염, 날렵한 몸집에서 보통 길고양이에게서는 찾아볼 수 없는 기품 같은 것이 느껴졌다. 바로 그 하이디가 머리와 뒷다리가 잘린 채 여기서 약간 떨어진 가미후리 강둑에 버려졌다. 현장에는 머리와 목걸이 둘 다 없었지만, 배에 있는 하늘색 나비 모양 얼룩 덕분에 하이디임이 밝혀진 듯했다.

다행히 나와 미치루는 하이디의 무참한 모습을 보지 못했지만(만약 미치루가 목격했다면 분명 한 달은 학교에 나오지 않았겠지. 그렇지 않아도 미치루는 때때로 학교를 쉬니까), 옆 반 친구인 미쓰노리의 형이 조깅하다가 발견해서 상황만은 자세히 알고 있었다. 머리와 다리가 잘린 부분에서 부드럽고 질척질척한 내장 같은 것이 튀어나온 모습이 얼마나 끔찍했는지, 미쓰노리의 형은 이틀이나 앓아누웠다고 한다.

"빨리 잡히면 좋겠다. 친구가 예뻐하던 고양이란 말이야."

내 말에 아빠도 조금은 진지하게 대해줄 마음이 생긴 듯했다. 굵은 눈썹을 잔뜩 찌푸려 심각한 표정을 짓더니 이렇게 말했다.

"그렇구나. 그럼 열심히 수사하라고 잘 말해둬야겠네."

"여보, 괜히 신경 쓸 필요 없어. 그것 말고도 중요한 일이 얼마나 많은데."

아빠는 살인자를 상대하는 위험한 부서 소속이라 고양이를 죽이며 돌아다니는 범인하고는 상관이 없다. 요즘은 전철로 두 정거장 거리에 있는 고이데 정町(일본의 기초자치단체를 구성하는 행정구역—옮긴이)에서 일어난 살인사건을 수사하느라 바쁜 모양이다. 다만 오늘은 내 생일을 축하해주려고 특별히 일찍 퇴근했다.

아빠가 엄마를 보고 말했다.

"아니야, 고양이 같은 동물을 죽이다가 살인으로 발전하는 사례도 종종 있어. 빨리 붙잡지 않으면 큰일 날지도 몰라. 그런 못된 놈은 다음 희생양으로 연약한 어린아이를 노릴 가능성이 크거든."

"그건 그렇지만…… 요시오가 겁먹으니까 그렇게 무서운 말은 하지 마."

하지만 이미 선생님들도 이러다가 조만간 어린아이가 습격당할지도 모른다며 경계하고 있었다. 밤에는 혼자 밖에 나가지 말라고 여러 번 주의를 당부했고, 세 번째 사건이 발생한 후에는 아이들의 안전에 유의하라는 내용의 가정통신문도 여러 장 배부했다. 엄마도 그걸 알기에 평소라면 덩치가 훨씬 큰 아빠조차 기겁할 정도로 소리를 질렀겠지만, 이번에는 목소리가 기어들 듯 작았다.

"요시오, 너도 탐정 놀이 한다고 늦게까지 돌아다니면 못써. 탐정이나 형사가 되려면 우선 몸부터 튼튼해져야지."

어쩐지 상황이 내게 불리하게 돌아갔다. 1년에 한 번뿐인 생일에, 그것도 모처럼 아빠가 집에 있는 날에 아빠한테 잔소리를 듣다니 견딜 수 없었다.

"꼭, 꼭, 범인 잡아야 해."

나는 단단히 부탁한 후, 잘 먹었다고 인사하고 2층으로 올라갔다.

신

어젯밤에는 제노사이드 로봇을 가지고 신나게 노느라 늦게 잤다. 역시 합체 변신 타입은 뭐가 달라도 다르다. 자명종이 울려도 좀처럼 일어나질 못해서 하마터면 엄마한테 로봇을 압수당할 뻔했다.

"아빠가 제노사이드 로봇 사줬다."

월요일 아침에 4학년 1반 교실에서 이와부치 히데키에게 자랑했다.

"좋겠다. 딜럭스 완전판이지? 파이널 예시바가 돌아가고 번쩍번쩍 빛나는 그거!"

히데키가 부리부리한 눈으로 부럽다는 듯이 이쪽을 보았다. 히데키는 내 친한 친구다. 예전에도 친하게 지내긴

했지만, 작년에 캠핑을 갔다가 길을 잃었을 때 둘이 힘을 합쳐 대처한 후로 둘도 없는 단짝이 되었다. 히데키는 나랑 체격도 비슷하고 운동도 못하는 편이어서인지 마음이 잘 맞았다.

"난 12월이 생일이라 크리스마스 선물이랑 합쳐서 사주시거든. 넌 크리스마스 때도 새 로봇을 받을 텐데."

"글쎄, 디자인이 괜찮으면 사달라고 조르겠지만. 마침 그때쯤에 파이널 사가Ⅷ이랑 드래곤 오브Ⅳ가 같이 나온다는 소문도 있으니 그걸 사달라고 할지도 모르겠네."

지난주 예고편에 제노사이드 로봇이 적 로봇 두 대에 팔다리를 뜯겨서 위기에 처하는 장면이 나왔다. 슬슬 새로운 로봇이 등장하기에 적당한 시기다.

"뭐야, 게임도 같이? 알다시피 우리 집은 게임은 안 돼. 너희 집은 부자라서 좋겠다."

히데키가 의자에서 두 다리를 아무렇게나 쭉 뻗고 입을 삐쭉 내밀었다. 뻐드렁니라서 입을 내밀어도 이가 살짝 보였다. 부모님의 교육 방침 때문에 히데키네 집에는 게임기가 없다. 그래서 우리 집에 가끔 게임하러 온다.

"부자는 무슨. 전골을 먹을 때도 만날 돼지고기인걸. 그냥 아빠가 집에 잘 없으니까 미안해서 이것저것 잘 사줄

뿐이야. 우리 집보다 너희 집이 부자잖아. 치과 의사는 돈 많이 번다던데. 학원에도 다니고 말이야."

내 친구 중에 학원에 다니는 아이는 히데키밖에 없다. 뭐, 돈 문제라기보다 부모님이 필요성을 별로 못 느껴서 그렇겠지만. 도쿄 같은 곳에서는 초등학생들도 당연히 학원에 다니는 모양이지만, 이곳 가미후리 시에서는 드문 일이었다.

"우리 엄마 아빠는 돈을 엉뚱한 데 쓰니까 문제야. 학원에 보내면 내가 똑똑해질 거라고 믿는다니까. 학원에 보낼 돈으로 게임을 사주면 내 머리도 더 잘 돌아갈 텐데. 둘 다 그걸 몰라."

히데키는 지긋지긋하다는 표정으로 교실 천장을 올려다보았다. 히데키는 걸핏하면 학원을 빼먹었고, 그럴 때마다 부모님에게 야단맞았다. 결국 한 번만 더 학원을 빼먹으면 용돈을 줄이겠다는 마지막 경고까지 받았다. 공부하기 위해서가 아니라, 용돈을 받기 위해 학원에 다니는 거라고 히데키는 매일 투덜댔다.

"하지만 지난번 시험 봤을 때 나보다 국어 점수가 더 잘 나왔잖아."

지금까지 국어와 과학에서는 히데키에게 진 적이 없는

데, 지난번에 처음으로 국어에서 졌다. 역시 학원의 힘은 대단하다고 순수하게 감탄했다. 절대로 학원에 가고 싶진 않았지만.

"아빠 뒤를 이어 치과 의사가 돼야 하는데 국어를 잘하면 뭐 하냐? 요시오, 그렇게 학원이 좋으면 나 대신 좀 가 주라."

"아닐세, 이 몸은 사양하겠네."

나는 다비레인저에 나오는 탈무드 사령관의 말투를 흉내 내 거절했다. 탈무드 사령관은 나이를 8천 살이나 먹은 우주의 현자로, 다비레인저의 브레인이기도 하다.

"나도 사양한다, 뭐." 입을 더 삐죽이 내민 것도 잠시, 히데키가 진지한 표정으로 말했다.

"아, 맞다. 너희 아빠가 뭐래? 고양이 학살사건에 대해 무슨 이야기 들었어?"

"그게, 전혀 해결될 낌새가 없나 봐." 나는 고개를 저었다. "하지만 그런 짓을 하다 보면 사람을 죽일지도 모르니까 빨리 붙잡아야 한대."

"우리 아빠가 그랬는데, 5년 전에 가미후리 시에 대학교가 생긴 탓에 밤에도 어슬렁어슬렁 돌아다니는 별난 놈들이 늘어나서 그렇대."

아빠도 전에 한번 투덜거린 적이 있었다. 옛날에는 밤에 사람이 거의 없어서 돌아다니면 눈에 띌 뿐만 아니라, 어디 사는 누구인지도 금방 알아낼 수 있었다고 한다. 하지만 이제는 편의점과 노래방이 늘어나 밤늦게까지 돌아다니는 사람이 많고, 다른 지역 대학생들도 오가기 때문에 범인을 가려내기 힘들어졌다는 것이다. 고양이 학살사건뿐만 아니라, 빈집털이와 날치기 같은 사건도 5년 전과는 비교도 안 될 만큼 늘어난 모양이다.

"최근에는 다른 지역에서 일하러 들어오는 사람도 늘었고 말이야. 여기도 조만간에 도쿄나 도코요 시처럼 될지도 모르겠어."

도코요 시는 커다란 백화점과 실내 수영장이 있는 현청 소재지다. 여기서 전철로 두 시간쯤 걸린다. 엄마 아빠를 따라 몇 번 가봤는데 평일에도 거리에 사람이 가득했다.

"뭐, 가미후리가 어떻게 되든 한동안 나하고는 상관없는 일이지만."

히데키가 쓸쓸한 목소리로 그렇게 덧붙였다. 히데키 부모님은 아들을 도코요 시의 사립 중학교에 넣을 생각이다. 가미후리 대학교에 치의예과는 없다. 그러므로 대학교를 졸업해서 치과를 이어받기 전에는 돌아오지 못한다. 반대로 나는 대학생이 돼도 우리 동네에 살 수 있으니까 가미후리 시에 대학교가 생겨서 다행이다 싶었다. 소문에 따르면 가미후리 대학교는 공부를 거의 하지 않아도 들어갈 수 있다고 한다.

"하여튼 고양이 학살사건의 범인이 빨리 잡혔으면 좋겠다. 너무 불안해."

나는 제일 뒷자리를 힐끔 쳐다보며 말했다. 뒤에서 미치루가 친구 두 명이랑 이야기하고 있었다. 친구들의 농담에 미치루는 조그만 입을 살짝 벌리고 웃었지만, 겉으로만 그러는 것처럼 보이기도 했다.

미치루는 3년 전에 도쿄에서 가미후리 시로 이사 왔다. 이혼한 엄마를 따라 외갓집이 있는 여기로 왔다고 한다. 하지만 외갓집이 아니라 하마다 정의 맨션에 엄마랑 단둘이 산다. 시골 출신인 우리와 달리, 미치루는 3년 전에 전학 왔을 때부터 세련된 외모와 옷차림을 자랑했다. 피부가 하얗고 웃을 때 덧니가 인상적이다. 커다란 눈과 단발머리에서 튀어나온 둥그스름한 귀가 매력적이었다. 눈부시게 새하얀 옷을 입고 차분히 앉아 있는 그 가냘픈 모습을 보면, 지켜줘야 한다는 의무감이 생긴다고 할까. 미치루 엄마는 결혼 전에 모델로 일했을 만큼 콧대가 오뚝한 미인이다. 미치루도 엄마를 닮아 예쁘장했다.

나는 미치루가 전학 온 그날부터 짝사랑에 빠졌다.

"야마조에 미치루가 걱정돼서?"

팔꿈치로 툭 치면서 히데키가 놀렸다.

"그런 거 아니야."

"뭘 감추고 그러냐." 히데키는 사마귀 같은 입을 옆으로 크게 벌리며 웃었다.

"넌 얼굴에 바로 다 드러나. 미치루, 귀엽잖아. 나도 쟤를 좋아해. 하지만 난 2년만 더 지나면 여기를 떠날 거니까, 아깝지만 미치루는 네게 양보할게. 내가 졸업하기 전에 부디 잘되기를 바란다."

마음이 넓은 건지, 그냥 어른스러운 척하는 건지 잘 모르겠다. 무엇보다 양보한다고 선심을 써도 정작 미치루의 마음은 어떤지 모르지 않는가. 사이는 나쁘지 않지만, 좋아하는 아이가 있을 수도 있다. 다만 한 달 전에 6학년에게 고백받았을 때, 자신은 이미 좋아하는 사람이 있다며 거절했다는 소문을 들었다. 그리고 얼마 전에 미치루가 우리 집에 관해 몇 번 물어봤으므로 혹시나 하는 희망을 다소 품고 있기는 하다.

"게다가 미치루도 하마다 탐정단이잖아. 다른 녀석들보

다 기회는 훨씬 많을 텐데."

"그야 그렇지."

"온 힘을 다해 응원할게, 요시오. ……저기, 그러니까 나도 탐정단에 끼워주라."

히데키가 은근슬쩍 내게 몸을 바싹 붙였다.

그렇게 나오기냐. 당황해서 바로 대답하지 못하고 우물쭈물했다.

"안 돼, 안 돼."

곁에서 듣고 있었던 듯 사카모토 다카시가 레미콘 차처럼 딱딱한 표정으로 갑자기 끼어들었다. 다카시는 탐정단의 리더다.

"히데키, 너도 참 끈질기다. 하마다 탐정단에는 하마다 정에 사는 애들만 들어올 수 있다니까. 그게 탐정단 철칙이야. 절대 어기면 안 돼."

다카시는 중학생 뺨치는 체격과 목소리로 을러대며 딱 잘라 거절했다. 다카시는 자칭 만능에 가까운 운동 능력과 명석한 두뇌(이건 거짓말), 잘생긴 얼굴(이것도 거짓말)을 자랑하는, 어디 하나 흠잡을 데 없는 리더다. 리더답게 옷도 전부 빨간색 계통뿐이고, 탐정단을 만든 것도 다카시다. 따라서 다카시가 정한 철칙은 절대적이었다.

"히데키, 너희 동네인 마쓰시게 정에서 탐정단을 만들면 되잖아."

"만들려고 해봤지. 하지만 우리 동네 애들은 별로 하기 싫어하는 눈치야. 게다가 기지도 없고."

기지란 하마다 탐정단 본부를 말한다. 하마다 정에 우뚝 선 가미후리 산속 어디에 기지가 있는지는 탐정단원밖에 모른다.

"뭣보다 넌 학원 다니느라 바쁘잖아. 탐정단은 소집이 떨어지면 반드시 모여야 한단 말이야."

"알았어. 알았으니까 그렇게 크게 말하지 좀 마."

다카시의 커다란 몸집에 기가 죽어서 얌전하게 물러나면서도 히데키는 미련이 남았는지 나를 쳐다보았다. 아무리 제일 친한 친구의 부탁이라 해도 이것만은 알려줄 수 없었다.

"미안해." 나는 히데키에게만 들릴 만한 작은 목소리로 사과했다.

"요시오, 절대로 알려주면 안 돼. 규칙을 지키지 않는 녀석은 단원들이 싫어할 거야."

히데키가 자리에서 멀어지자 다카시는 협박하듯 내게 한마디 했다. 다카시는 자기가 만든 탐정단을 너무나 사랑

한 나머지, 탐정단 이야기만 나오면 냅다 힘으로 억누르려 한다. 평소 친구들을 잘 챙겨줘서 기댈 수 있는 녀석이지만, 지킬박사와 하이드처럼 성격이 확 변하곤 한다.

그런데 지금 히데키가 말한 '단원'이란 미치루를 가리키는 걸까. 아까 히데키랑 나눈 이야기를 듣고? 아니면 히데키 말대로 내 얼굴에는 속마음이 드러나는 걸까?

아무튼 미치루와는 상관없이, 미안하지만 히데키에게는 알려줄 생각이 없었다. 우정과 규칙은 별개의 문제다. 물론 미치루한테 미움받고 싶지도 않고.

"알았어."

나는 어깨를 움츠리고 퉁명스럽게 대답했다.

• ◆ •

이번 주는 스즈키 다로와 함께 화장실 청소 당번이다. 우리 조에는 남학생이 세 명인데, 조장 다카시가 청소하기 편한 바깥쪽 세면대를 맡는 바람에 남자 화장실은 스즈키와 내가 담당할 수밖에 없었다.

스즈키는 겨우 보름 전에 전학 왔기에 같은 조여도 이야기를 나눠본 적은 거의 없다. 특징 없이 밋밋하게 생긴 데다 말수도 적다. 키와 몸집도 보통이다. 조례 때는 줄의 한가운데에 서 있어서 단상의 교장 선생님도 알아차리지 못하고 넘어갈 만큼 눈에 띄지 않는 존재다. 남 말할 정도로 내가 눈에 띈다는 건 아니지만, 그런 내가 보기에도 스즈키는 정말로 평범함 그 자체였다.

그래서 그런지 쉬는 시간에도 자리에 앉아 혼자 책을 읽는다. 전학생이라는 이유로 처음에는 몇몇 아이들이 말을 걸기도 했지만, 관심 없다는 듯 대답하기 일쑤라서 단 1주일 만에 아무도 접근하지 않게 되었다. 스즈키 역시 별로 신경 쓰지 않는 눈치였다.

"저기, 스즈키."

청소 시작종이 울리자마자 대걸레로 묵묵히 타일을 닦기 시작한 스즈키에게 나는 말을 걸었다. 안 그래도 귀찮은 화장실 청소이니만큼 이야기라도 하지 않으면 정말로 지루하다. 혹시 이야기를 해보면 뜻밖에 재미있는 녀석일지도 모르지 않는가.

"어디서 전학 왔어?"

선생님이 아빠 사정 때문에 나고야에서 왔다고 설명했고, 아이들이 우이로(쌀가루에 흑설탕을 넣어서 찐 나고야의 명물 과자—옮긴이)에 대해 물어보는 모습을 몇 번 봤다. 스즈키가 워낙 붙임성이 없는 탓에 대화를 이어가는 아이는 없었지만. 그러니까 몰라서 묻는 게 아니라 그냥 이야깃거리를 찾아서 물어본 거다.

하지만 고개를 든 스즈키의 대답은 내 예상과 달랐다.
"나 말이야? 난 천상에서 내려왔어."
"천장?"

나도 모르게 얼룩으로 가득한 낡은 천장에 눈길을 주었다. 가미후리 남 초등학교는 이 지역 초등학교 중에서 제일 낡아서, 내가 입학했을 때부터 개축한다는 소문이 있었다. 하지만 4년이 흐르도록 그냥 놔뒀으니 분명 졸업할 때까지 요 모양 요 꼴일 거라고 포기한 상태다.

"천장이 아니라 천상. 하늘 위 말이야."

목소리가 작기는 했지만, 스즈키는 태연한 얼굴로 말했다. 믿든 말든 상관없다는 듯한 분위기였다. 처음에는 스즈키가 날 놀리는 줄만 알았다. 하지만 아무래도 그런 건 아닌 듯했다.

"하늘에 살았었어?"

나고야의 초등학교에서 유행하는 농담일 수도 있겠다 싶어서 맞장구치듯 물어보았다.

"아니야. 더 위쪽."

스즈키는 타일을 계속 닦으며 대답했다.

"우주?"

"거기랑 가깝지."

스즈키는 살짝 웃었다. 그러고 보니 스즈키가 웃는 모습은 처음 보는 것 같다.

"하지만 우주에는 사람이 못 사는데."

인류가 인공위성이나 스페이스 셔틀을 타고 우주로 나갔다는 건 안다. 우주선 안에서 공중에 떠 있는 영상도 텔레비전으로 봤다. 하지만 어디까지나 일시적으로 머물 뿐이며, 백번 양보해도 어린아이가 우주에 살 수는 없다. 이런 게 도시의 유머인 걸까?

"그럼 혹시 외계인이야?"

"아니야."

스즈키는 조용히 고개를 저었다.

"그럼 인간일 거 아냐. 인간은 우주에 못 산단 말이야. 그쪽 학교에서 우주는 진공 상태라서 공기고 뭐고 없다는 걸 안 배웠어? 다비레인저도 암흑기사 살라딘이 우주 공간으로 내팽개치는 바람에 까딱하면 숨 막혀 죽을 뻔했잖아."

"난 인간이 아니야."

"하지만 외계인도 아니잖아. 아까 그렇게 말했으면서."

그러자 스즈키는 비로소 대걸레질을 멈추더니 얼굴이 닿을 정도로 가까이 다가와서 말했다.

"난 신이야."

"신이라고?"

"그래." 스즈키는 무표정하게 고개를 끄덕였다.

이것 역시 도시에서 유행하는 게임 같은 걸까? 하지만 무슨 게임일까. '신 게임'? 적어도 텔레비전이나 인터넷에서 본 적은 없었다. 하지만 그냥 웃어넘기자니 좀 아깝기도 했다. 스즈키의 차분한 태도로 보건대 이야깃거리가 좀 더 있을 것 같았다.

나는 잠시만 더 장단을 맞춰주기로 했다.

"그런데 신이 왜 여기에 있어?"

"놀러 왔지. 넌 모르겠지만 신 노릇은 지루해."

"어째서? 신은 굉장하잖아."

지금 잡지에서 연재 중인 《노바크 중학교》에서는 주인공이 "나야말로 신"이라고 외치면서 개미를 밟아 뭉개듯이 여학생을 마구 죽인다. 딱히 사람을 죽이고 싶지는 않았지만, 만약 신이 된다면 시험이고 축구고 뭘 하든 완벽할 테니 분명히 재미있을 거라며 부러운 마음을 품었다. 그 정도로 전지전능하면 고백해도 분명히 받아주겠지. 어쩌면 미치루가 먼저 고백할지도 모르고…….

하지만 뜻밖의 대답이 되돌아왔다.

"뭐든지 다 알거든. 뭐든지 다 아는 것만큼 지루한 건 없어. 넌 공부가 싫은 모양이지만, 지금까지 몰랐던 걸 배운다는 게 얼마나 즐거운데."

"뭐든지 다 안다니. 미국이나 프랑스에 대해서도 잘 알아?"

"전부 다 알아. 지구뿐만 아니라, 우주의 모든 별에 대해. 그리고 과거와 미래의 사건도 전부 알지."

"이야. 하지만 미래에 일어날 일을 안다면 여기 놀러 와도 마찬가지 아냐? 어차피 결과는 빤할 텐데."

겨우 핀잔을 줄 대목을 찾았다. 내 공격에 스즈키는 이렇게 대답했다.

"일어난 일을 잊을 수는 없지만, 앞으로 무슨 일이 일어날지 모르도록 귀를 막을 수는 있지. 그러니까 난 지금 네가 내일 뭘 할지 몰라. 마음만 먹으면 바로 알아낼 수 있지만, 굳이 그러지 않는 거지."

그럴싸했다. 그런 식으로 나온단 말이지.

스즈키는 딱히 자랑하는 것처럼 보이지는 않았다. 그저 당연하다는 듯이 이야기했다. 마치 진짜 신처럼. 거짓말쟁이일까? 아니면 게임? 만약 거짓말쟁이라면 친구로 삼지 않는 편이 낫다. 하지만 게임이라면 재미있어질지도 모른다. 어느 쪽인지 확인하려고 나는 계속 질문해보았다.

"아까 우주에 대해서도 안다고 그랬는데, 외계인은 진짜로 있어?"

"있지. 지적 생명체는 다 합쳐서 3만 7천 283종류를 만들었던가. 조만간 레굴루스 항성계의 행성에 지적 생명체를 만들 예정이야. 참고삼아 말해두겠는데, 서로 너무 멀리 떨어져 있어서 그들도 너희 존재는 몰라. 세상에 나도는 UFO나 외계인 목격담은 전부 엉터리고."

약간 지저분하고 아담한 화장실 안에서 스즈키는 묘하고도 장대한 이야기를 펼쳐냈다.

"다른 외계인들은 인간이랑 모습이 달라?"

"똑같으면 재미없잖아. 날마다 저녁밥이 카레라면 아무리 카레를 좋아해도 결국은 질릴걸? 그래서 식물이랑 금속에서 지적 생명체로 진화시키기도 했어. 너희들이 평소 마시는 물에서 진화한 생물도 있다고."

물에서 진화한 생물이라니 뭘까? 잠깐 생각해보았지만

상상도 가지 않았다.

"우리 인간들도 당연히 네가 만들었겠구나."

"인간뿐만 아니라 이 세상 모든 걸 내가 만들었어."

시원스러운 대답이 돌아왔다. 하지만 터무니없이 거창한 소리를 하면서도 청소하는 손은 멈추지 않는다. 어쩐지 웃겼다.

"그럼 넌 누가 만들었는데?"

"내가 만들었지. 이렇게 말하면 희한하게 들리겠지만 나한테는 전혀 이상하지 않아. 삼라만상, 이 세상 모든 것이 내 창조물인 이상 나 자신도 내 창조물이야."

"하지만 자신을 스스로 만들어내다니, 그게 정말로 가능해? 설득력이 좀 없는 것 같은데……."

비아냥거리듯 말해보았지만, 스즈키는 조금도 동요하지 않았다.

"그게 가능하니까 '신'이라는 거야. 난 모든 것의 시초지. 그 위로는 결코 거슬러 올라갈 수 없어. 내가 존재하기 이전의 상황은 존재할 수 없거든. 너희들이 그런 존재를 순수하게 이해하지 못하는 건, 파악할 수 없는 영원이라는 감각을 두려워하는 마음이 방해하기 때문이야. 인간은 고작해야 100년의 수명을 은혜롭게 여길 만큼 유한한 존재지. 인류에게는 수만 년의 역사가 있지만, 유한한 존재를 아무리 포개어 쌓아 올린들 무한에는 도달할 수 없어. 그래서 영원이란 존재하지 않으며, 무슨 일에든 분명히 시작과 끝, 원인과 결과가 있을 거라 믿고 싶어해. 즉, 이 세계가 탄생한 원인이 있을 거라고 말이야. 하지만 난 과거와 미래라는 개념이 무색할 만큼 무한하고 영원한 존재야. 그렇기에 시작과 끝이 없는 영원 속에서 하염없이 지루하게 지내야 하지."

스즈키는 킥킥 웃더니 말을 이었다.

"애당초 영원에 대한 공포심을 인류에게 부여한 건 나니까 네가 의심하는 것도 무리는 아니지만. 3억 년 전 알골 항성계의 행성에 생명체를 만들 때, 시험 삼아 영원에 대한 공포심을 제거해봤어. 그랬더니 순식간에 멸망해버리더라고. 누구도 아이를 낳지 않았어. 정말 허무했어. 그래서 그다음부터 지적 생명체에게는 영원에 대한 공포, 즉 시작과 끝을 인식하는 사고력을 반드시 심어뒀지."

"그러면 우주는 빅뱅으로 시작됐다는 주장은 틀린 거구나."

"빅뱅 같은 건 존재하지 않아. 계속 내가 있었으니까. 뭐, 너희들이 그렇게 오해하도록 우주에 미립자와 방사선을 적당히 흩뿌려놨으니 어쩔 수 없겠지만. 하지만 11년 후의 6월 30일에 빅뱅과 크게 모순되는 데이터가 발견될 거야. 재미있겠지? 전 세계가 뒤집힐 거야. 기대하라고. 지금으로부터 11년 후의 6월 30일. 잊지 마."

11년 후라고 해도 확인할 길이 없는 먼 미래의 이야기다.

그제야 나는 질문 방식이 잘못되었음을 겨우 깨달았다. 전지전능한 신을 상대로 게임하는 거니까 바로 확인할 수 있는 내 주변의 일을 물어야 한다.

"이야기를 좀 바꾸자. 사와다 선생님에게 남자친구 있어?"

사와다 선생님은 우리 반인 1반의 담임이다. 올해 대학을 졸업하자마자 부임했다고 개학식 날에 이야기했다. 몸매가 좋은 미인이라 따르는 녀석들도 많다. 탐정단 소속의 우쓰미 도시야는 여자아이들한테 눈길도 주지 않고 오로지 사와다 선생님만 디지털카메라로 몰래 찍으며 돌아다닐 정도다. 만약 사와다 선생님한테 남자친구가 있다면 반 남자아이들 대다수가 실망하리라.

"갑자기 규모가 작아졌네. 하지만 서비스로 가르쳐줄게. 사와다 선생님은 하타케야마 선생님과 불륜 관계야."

"말도 안 돼!"

3반 담임인 하타케야마 선생님은 빈말로도 잘생긴 편은 아닌 데다 벌써 마흔도 넘었을 것이다. 게다가 학교에서 급식이 나오는 데도 부인이 싸준 점심 도시락을 가져와서 먹을 만큼 애처가다.

"4월에 있었던 친목회 때 하타케야마 선생님이 술을 먹이고 억지로 관계를 맺은 후로 사와다 선생님은 지금까지 질질 끌려다니고 있지."

"못 믿겠어."

"안 믿어도 상관없어. 난 인간이 믿든 말든, 숭상하든 말든 개의치 않으니까. 자신을 믿어달라고 조르는 건 인간의 나쁜 버릇이야. 뭐, 사회성을 지니도록 내가 그렇게 만들긴 했지만. 맞는지 틀린지 정 궁금하다면, 사와다 선생님한테 물어보든가."

나는 말문이 막혔다. 선생님에게 물어볼 수는 없다. 야단맞을 게 뻔하니까. 사와다 선생님은 평소에는 다정하지만 화가 나면 정말로 무섭다. 그리고 엄마한테 이를지도 모른다. 엄마는 선생님보다 열 배는 더 무섭다. 결국은 이상한 소문을 퍼뜨렸다면서 반에서 따돌림당할지도 모른다. 남자아이들뿐만 아니라 여자아이들도 학생들을 아끼는 사와다 선생님을 잘 따르기 때문이다.

좁은 화장실이 무거운 공기로 가득 찼다. 괜스레 연애에 관해 질문해서 분위기가 흐려진 걸까. 더 단순한 질문이 나올지도 모른다.

"그럼 난 몇 살까지 살 수 있어?"

스즈키는 눈을 잠깐 감았다가 "넌 서른여섯 살까지 살 거야"라고 대답했다. 아마도 차단해두었던 미래의 정보를 손에 넣은 것이리라.

"서른여섯 살이라. 앞으로 26년 남긴 했지만, 그렇게 빨리 죽는구나."

거짓말이라고 해도 좀 쓸쓸했다.

"어떻게 죽어? 병에 걸려서?"

"비행기 사고로."

"비행기란 말이지. 그럼 죽는 날을 알려줘. 그날은 절대로 비행기에 안 탈 테니까."

"그래봤자 소용없어." 스즈키가 조용히 웃었다. "운명을 바꿀 수는 없거든. 이미 정해진 일이야. 설령 집에 틀어박혀 있어도 비행기가 네 집에 떨어질 거야. 실제로는 7월 22일에 삿포로행 비행기를 타고 가다가 바다에 추락해서 죽을 테지만."

"어쩐지 못 믿겠는데."

"당연하지. 중병에 걸린 사람이라면 모를까, 내일 죽을 거라고 여기며 사는 사람은 어디에도 없어."

"하지만 26년 후라면 11년 후보다 훨씬 나중이잖아. 뭔가 더 빨리 확인할 수 있을 만한 일은 없어?"

애초에 그런 질문을 한 내 잘못이다. 그건 잘 안다. 하여튼 자연스레 솟아오르는 짜증을 간신히 억누르면서 문자 스즈키는 이렇게 대답했다.

"어디 보자. 예를 들면 네가 부모님의 친아들이 아니라는, 그런 이야기가 듣고 싶은 거야?"

"정말이야?"

거짓말이라고 해도 이건 너무 심했다.

그때 청소 시간이 끝났음을 알리는 종소리가 울렸다.

범인

"저기, 스즈키. 내 진짜 생일은 며칠이야?"

다음 날 청소 시간에 스즈키에게 물어보았다.

다카시가 변함없이 세면대를 독차지해서 화장실 청소는 어제처럼 나랑 스즈키가 맡았다. 분명 이번 주 내내 이렇겠지.

"7월 25일이야."

쥐 죽은 듯 조용한 화장실에서 스즈키는 어제와 똑같이 나직한 말투로 대답했다.

어제 집에 돌아가서 줄곧 혼자 고민했다. 엄마 아빠가 진짜 엄마 아빠가 아니라고 스즈키, 아니 신은 말했다. 물론 거짓말이리라. 터무니없이 악질적인 거짓말.

하지만 만약 스즈키가 진짜 신이라면?

99퍼센트 엉터리일 게 뻔했지만, 스즈키의 여유만만한 태도에서 어딘지 진실성이 느껴졌다. 그래서 가슴 한구석이 찜찜했다.

게다가…… 매년 하나만 남는 생일 케이크의 촛불이 머릿속을 스쳤다. 역시 진짜 생일이 아직 오지 않아서 그런 걸까?

하지만 내가 버려진 아이이고 드라마에서 으레 그러듯 날 주운 날을 생일로 삼았다면, 오히려 진짜 생일은 며칠 지났을 터이다. 어떻게 따져도 더 미뤄질 수는 없다.

하지만 꺼림칙한 상상이 또 머릿속을 맴돌았다. 내가 어느 정도 자라고 나서 엄마 아빠와 한 가족이 되는 바람에 어쩔 수 없이 생일을 적당히 정했다면…….

그런데 어째서 스즈키의 말에 이렇게 안절부절못해야 하는 걸까. 차라리 엄마한테 물어볼까 싶었지만, 무서워서 도저히 입이 떨어지지 않았다. 게다가 어느 쪽이든 혼만 날 뿐, 진실을 알 수는 없으리라.

저녁에 부녀회에서 돌아온 엄마가 조금 서먹하게 느껴졌다.

전부 스즈키가 쓸데없는 거짓말을 한 탓이다. 내일 진짜인지 가짜인지 꼬치꼬치 캐물어볼까. 하지만 스즈키만 비난하려니 마음 한구석이 조금 찔렸다. 흥미를 품고 게임에 참여한 건 나니까 내게도 책임이 있었다.

밤새 고민한 끝에, 당연한 소리지만 끙끙 앓아봤자 어쩔 수 없다는 결론이 나왔다. 게임은 게임이다. 차라리 신 게임에 맞장구를 쳐주자. 그러다 보면 언젠가는 허점이 드러나겠지. 내가 게임에 이기기만 하면 근심 걱정은 싹 날아갈 것이다.

그런 이유로 나는 게임을 조금만 더 계속하기로 했다.

"있지, 스즈키. 스즈키 다로는 본명이야? 아니면 따로 이름이 있어?"

나는 대걸레 자루 끝에 턱을 얹고 오전에 생각해둔 질문 가운데 하나를 던졌다.

"나한테 이름 같은 건 없어. 이름이란 집단 속에서 개인을 구별하기 위해 필요한 거야. 하지만 신은 나 혼자뿐이잖아. 예를 들어 이 학교에는 선생님이 많으니까 사와다 선생님이니 하타케야마 선생님이니 하면서 다들 이름을 붙여서 부르지. 하지만 교장 선생님은 한 명뿐이니까 후카에 교장 선생님이라고 부르는 사람은 아무도 없어. 그냥 교장 선생님이라고 부르지. 이름을 붙일 필요가 없거든. 하지만 교장 선생님도 가미후리 시 교장 모임 같은 데 참석하면 후카에라는 이름을 붙여서 부를 필요가 생겨. 나도 마찬가지야. 뭐, 너희가 '신'이라고 부르는 존재니까 신이라고 일컬어지긴 하지만. 그건 이름이 아니야. 일개 교장과 달리 난 어딜 가든 유일하니까 세계 어디에서든 신이야. 하지만 여기에서 인간인 척하며 노는 동안에는 이름이 있어야 하니까 편의상 스즈키 다로라고 붙인 거지. 35년 전 미국에 있었을 때는 마이크 스미스였고, 작년에 리겔 항성계에 있었을 때는 누랴메가라는 이름이었어."

스즈키의 입에서 긴 대답이 술술 흘러나왔다. 지금 막 꾸며냈다기보다는 처음부터 답이 있었던 것처럼 유창했다. 역시 도시에서 유행하는 게임이라 그런지, 일정한 형식에 맞춰 질문에 대한 답을 준비해둔 모양이었다.

"하지만 하나밖에 없는 신이라면 화려한 이름을 붙여도 될 텐데. 일본의 신을 봐. 아마테라스오미카미나 스사노오노미코토 같이 거창한 이름으로 불리잖아."

그러자 스즈키는 바보 취급하듯 훗, 하고 웃더니 말했다.

"이름은 장식에 불과해. 개체를 식별할 수만 있으면 아무 문제도 없어. 하지만 인간은 겁이 많은 생물이라 장식이 마음에 걸리는 거지. 뭐, 내가 그런 식으로 만들기는 했지만. 두려움은 종의 존속에 필요하거든. 신의 이름에 신경 쓰는 건 인간이지 신 자신이 아니야. 어제도 말했듯이 난 인간이 어떻게 생각하든 상관없어. 그러니까 스즈키 다로라는 흔한 이름이면 충분해. 그리고 약한 인간일수록 이름이나 브랜드에 연연하지. 텅 빈 알맹이를 포장으로 얼버무리고 싶은 거야. 인간이 독창적인 이름을 가지고 싶어하는 건, 딱 잘라 말해 스스로에게 자신감이 없어서 그래. 두드러지는 뭔가가 없으니까 하다못해 이름만이라도 눈에 띄어야겠다는 거지. 하지만 이름은 스스로 붙이는 게 아니니까 부모한테 자신감이 없다고 해야겠네. 우리 반에도 이름이 희한한 녀석이 있잖아. 아이의 이름을 보면 부모의 수준이 빤히 들여다보여."

들고 보니 그럴지도 모르겠다 싶었다. 스즈키의 말을 곧이곧대로 받아들일 수는 없었지만, 희한하게도 이해는 됐다.

어제처럼 스즈키는 대답하는 동안에도 대걸레로 회색 타일을 꼼꼼하게 닦았다. 수업 중에 선생님의 말씀을 열심히 듣고 청소도 성실하게 한다. 그런 모습은 신다워 보이기도 했고 신답지 않아 보이기도 했다.

"다른 사람이 어떻게 생각하든 상관없다면서 왜 청소도

열심히 하고 수업도 잘 들어?"

"넌 너무 익숙해서 청소나 수업이 지겨울 따름이겠지만 나는 정반대야. 신선하고 재미있으니까 하는 거지. 심심풀이로 그만이거든."

"그렇구나. 어쩐지 소설《왕자와 거지》같다."

이어서 나는 수업 중에 떠올린 두 번째 질문을 던졌다.

"그럼 신은 인간 같은 모습이야? 신이 자기를 본떠서 인간을 만들었다는 이야기를 어디서 들었거든. 아니면 지금 모습은 일시적인 건가?"

신에 대해 질문하는 동안 좁고 지저분한(우리가 열심히 청소하지 않은 탓이지만), 보기만 해도 암모니아 냄새가 풍길 것만 같은 화장실이 어쩐지 절이나 교회처럼 엄숙한 공간으로 느껴……지는 건 역시 무리다. 화장실은 그냥 화장실이다.

"식물이나 금속으로도 인류 이외의 지적 생명체를 만들었다고 어제도 말했었지. 신이 자신들을 닮았으면 좋겠다고 바라는 마음은 인간의 약점이자 그 이면에 있는 교만함에 지나지 않아. 다른 별에 사는 녀석들도 모두 똑같은 의문을 입에 담더군. 하지만 나는 이 세상 전부야. 전부가 나고, 내가 전부를 만들었지. 당연히 네 눈에 비치는 건 내 전부가 아니야. 다만 일시적인 모습이라는 표현에는 어폐가 있네. 내게 너희들 눈에 비치는 진짜 모습 같은 건 없어. 나는 '모습'이라는 형태로 존재하지 않으니까."

"인간한테는 보이지 않는다니, 공기 같은 거야? 그럼 지금 내 눈앞에 있는 스즈키 다로의 모습은 비나 눈인 셈인가?"

"전혀 아니지만 그냥 그렇다고 치든가. 수십 년이 지나도 넌 이해하지 못할 테니까. 내게 수십 년은 한순간에 불과하지만 그래서는 네가 곤란할 테지. 26년만 지나면 죽을 몸이니까."

어쩐지 가엽다는 말투였다. 바보 취급을 받는 것 같아서 조금 성질이 났다. 애써 게임 상대를 해주고 있는데 말이지.

상대가 그렇게 나온다면 절대 대답하지 못할 질문을 던지는 수밖에 없다.

"그럼 요즘 연이어 발생하는 고양이 학살사건의 범인도 알겠네?"

'알겠네'라는 부분을 일부러 강조했다. 전지전능한 신에게 '아느냐'고 묻는 것은 그야말로 실례 그 자체이리라.

하지만 역시 신은 신. 스즈키는 태연하게 입을 열었다.

"네 짝사랑 미치루가 귀여워하던 하이디를 해친 녀석 말이구나."

어떻게 하이디를 아나 싶어서 한순간 놀랐지만, 생각해 보니 그 일 때문에 반이 떠들썩했다. 하이디를 모르면 이상하다.

"알아." 스즈키는 당연하다는 듯 대답했다.

"누군데?" 기대하지 않고 물었는데 뜻밖의 대답이 돌아왔다.

"아키야 가이."

"아키야 가이? 그게 누구야?"

"미이사와 정에 사는 대학생. 그 녀석이 고양이 학살사건의 범인이야."

"어떻게." 그렇게 말하다가 그만두었다. 신이니까 아는 게 당연하다. 어떻게 아느냐고 물어도 결코 가르쳐주지 않으리라.

그때 청소 시간이 끝났음을 알리는 종소리가 울렸다.

• ◆ •

오늘은 하마다 탐정단의 모임이 있는 날이다.

평소는 학교가 끝나도 저녁때까지 축구나 술래잡기를

하면서 놀지만, 모임이 있는 화요일과 금요일에는 바로 집으로 가서 책가방을 두고 본부로 향한다. 이것도 철칙 중 하나다.

동네 가장자리에 있는 햄버거 가게 로스리스버거에서 만나, 살갗을 찌르듯 뜨거운 여름 햇살을 받으며 가미후리 산을 넘어 이웃 시와 연결되는 현도縣道를 오른다. 처음에는 완만했던 비탈길의 경사가 급해지는 지점부터 주택은 사라지고 주변은 잡목림으로 변한다. 인기척은 없고 자동차가 가끔 현도를 쌩쌩 지나갈 때 말고는 쥐 죽은 듯 조용하다. 곧 8월이 되면 산속에 매미 소리가 시끄럽게 울려 퍼지겠지만, 지금은 바람에 흔들리는 나뭇잎 소리만 들릴 뿐이다.

그런 산길을 10분 정도 걸어 오르막길이 다시 완만해질 즈음에 입구가 잡초로 뒤덮인 좁은 샛길이 나타난다. 포장이 안 된 샛길은 지나다니는 사람이 우리밖에 없는 게 아닐까 싶을 만큼 풀이 무성하다. 풀을 밟으며 산속으로 5분 정도 구불구불 걸어 들어가면 시야가 약간 트이고 학교 수영장만 한 공터가 나온다. 공터 안쪽에 있는 조그만 목조 단독주택이 우리 하마다 탐정단의 본부다.

척 보아도 지은 지 몇십 년은 지났으리라는 걸 알 수 있다. 지붕, 기둥, 벽 전부 다 썩기 직전처럼 시커멓게 변한 데다, 창문은 죄다 판자를 대고 못질해서 막아놓았다. 사람이 사는 기척이라곤 없다. 아주 옛날에는 제2차 세계대전 때 피난 온 부부가 살았다고 하는데, 얼마 지나지 않아 할머니 혼자 남았고 그 할머니도 30년 전에 죽었다고 한다.

때문에 하마다 정에 사는 아이들은 '가미후리 산의 마귀할멈 집'이라고 무서워하며 아무도 다가가려 하지 않았지만, 반년 전에 도시야가 현관문에 달린 낡은 숫자 자물쇠의 비밀번호를 우연히 알아낸 후로 마귀할멈 집은 탐정단 본부로 변신했다. 아니, 순서가 반대다. 본부가 생겼기에 하마다 탐정단이 결성된 것이다.

30년이나 아무도 살지 않은 만큼 먼지가 엄청나게 많아서, 일단 깨끗하게 청소하는 데만 한 달 가까이 걸리는 중노동을 했다. 단층집은 부엌 하나에 방 세 개였다. 입구의 봉당 옆에 화장실과 욕실, 시멘트를 발라서 만든 개수대도 딸려 있었다. 봉당부터 뒤뜰까지 좁은 통로가 뻗어 있고, 통로를 따라 방 세 개가 세로로 줄지어 있다. 방에 깔린 다다미는 죄다 썩어서 쓸 만한 상태가 아니었다. 그래서 제일 앞쪽 방의 다다미를 걷어내고 주워 온 융단을 깔아서 '본부'로 쓰기로 했다.

발견했을 당시는 집과 마찬가지로 허름한 장롱이며 밥상 따위가 어지러이 널려 있었지만, 전부 안쪽 방 두 개에 집어넣고 장지문을 닫아서 막아버렸다. 안쪽 방에는 거미나 쥐도 있었던 것 같지만 그냥 무시했다. 대신에 새로 주워 온 소파와 테이블을 들여놓아 본부만은 그럭저럭 지낼 만한 공간으로 만들었다.

단원들이 저마다 커튼이나 벽지, 휴대용 가스레인지, 주전자, 만화책, 도감 따위를 가져와서 석 달 만에 드디어 천장만 올려다보지 않으면 보통 집이나 다를 바 없을 만큼 쾌적한 기지를 완성했다. 다만 전기가 들어오지 않기에 텔레비전이나 게임기는 들여놓지 못해서, 전자제품이라고는 건전지를 끼운 CD플레이어나 게임보이밖에 없었다. 물론 도둑이 들면 큰일이니까 게임보이는 매번 가지고 돌아갔지만.

고생 끝에 본부를 새로 단장해서인지 다카시는 규율을 더욱 엄격하게 적용했다. 우리는 일주일에 두 번, 모두가 모여야만 본부에 들어갈 수 있었다. 철칙의 시작이다. 멋대로 친구를 부르면 안 되고, 혼자 와도 안 된다. 본부를 쓸 때는 모두 함께. 소문이 퍼져서 어른들한테 들키기는 싫었기에 아무도 반대하지 않았다. 자칫해서 상급생한테라도 들키는 날에는 제 것인 양 빼앗을 게 뻔했다. 다행히도 '마귀할멈 집'이라는 별명이 힘을 발휘해서 아무도 가까이 오지 않는 덕분에 지금까지는 같은 동네에 사는 아이들에게도 들키지 않았다.

"오늘 의제는, 그래, 고양이 학살사건으로 하자."

반년 전에 식품 공장의 쓰레기장에서 주워 온 화이트보드에 다카시가 커다랗게 '고양이 학살사건'이라고 썼다. 'ㄹ'이 'ㄷ'으로밖에 보이지 않을 정도로 대충 흘려 썼다.

"우리 집 뒤편에도 귀여운 삼색 고양이가 살아. 고소쿠마루라는 이름을 붙여줬는데 언제 해코지를 당할지 몰라서 걱정이야."

탐정단원 중 한 명인 쓰지 사토미가 하소연했다. 사토미는 3반이고 집도 조금 멀어서 모임 때 말고는 얼굴을 마주칠 일이 거의 없다. 하지만 미치루와는 이웃이라 사이가 좋아서 휴일에 둘이 자주 노는 모양이다. 차분한 미치루와 활동적인 사토미. 머리카락은 미치루가 검은색, 사토미는 갈색. 또한 미치루는 언제나 하얀색 계통의 블라우스에 치마를 입는데, 사토미는 검은색 계통의 티셔츠와 바지를 즐겨 입는다. 그야말로 대조적이지만 뜻밖에도 죽이 잘 맞는 듯하다. 공통점이라고 하면 둘 다 다비레인저에 관심이 없다는 것 정도. 여자애들이니 당연한가.

이목구비가 또렷한 사토미는 그럭저럭 예쁜 편이지만 키가 크고 성격도 드센 데다 힘도 나보다 셀 것 같아서 어쩐지 대하기가 껄끄러웠다. 하지만 다카시는 마음이 있는 모양인지 탐정단을 결성할 때 같은 반인 미치루보다 사토미에게 먼저 탐정단에 들어오라고 제안했다.

하마다 탐정단은 자물쇠를 푼 도시야를 포함해 현재 다섯 명이다. 하마다 정에 4학년이 세 명 더 있지만 모두 내키지 않는지 입단 제의를 거절했다. 하기야 본부의 크기로 보건대 다섯 명 정도가 딱 알맞다. 여덟 명이나 되면 옆방도 새로 단장해야 전부 들어갈 수 있으리라.

"하지만 범인은 고양이를 그냥 죽이는 게 아니라 머리랑 다리를 잘라냈잖아. 그렇게 위험한 녀석을 상대로 우리가 뭘 할 수 있겠어? 엄마도 고양이 학살사건의 범인은 상당히 위험한 놈이라고 그랬는걸."

도시야가 꽁무니를 빼듯 말했다. 도시야는 덩치가 작고 삐쩍 마른 데다 몸치다. 내가 체력적으로 우월감을 느낄 수 있는 몇 안 되는 존재다. 그래서인지 언제나 신중하게, 나쁘게 말하면 소극적으로 이야기한다. 별명은 '노비타(만화 도라에몽의 등장인물. 한국 이름은 노진구―옮긴이)'. 항상 노란 옷을 입고 동그란 안경을 쓰고 다녀서 그렇다. 그런 도시야가 다들 무서워하는 마귀할멈 집 자물쇠를 풀었으니, 세상일은 정말 알다가도 모르겠다. 도시야에게 물어보니 "마귀할멈은 밤에 사람을 덮치고 낮에는 자니까" 하고 대답했다. 다카시가 겁쟁이라고 자꾸 놀리며 부추기는 바람에 일요일 한낮에 마귀할멈 집에 갔다고 한다.

"하지만 미치루 좀 봐." 사토미가 날카로운 말투로 즉시 반박했다. "귀여워하던 하이디가 죽어서 이렇게 기운이 없잖아. 이 모습을 보고도 아무렇지도 않아?"

"가엽기야 가엽지. 그렇지만 역시 위험해. 상대는 분명 칼을 가지고 있을 거라고."

"겁쟁이. 칼이 무서워?"

그러자 도시야는 입을 삐죽 내민 채 말문을 닫았다. 사토미는 도시야의 천적이라 걸핏하면 타박한다. 칼을 무서워하지 않는 사람이 어디 있겠냐마는, 사토미가 따지고 들면 칼을 무서워하는 것도 겁쟁이의 증거 같은 기분이 든다. 뭐, 실제로 사토미라면 괴성을 지르면서 범인한테 달려들지도 모르지만.

"아빠가 그러는데 수상한 사람에 대한 불심검문을 강화

했대. 그러니까 범인도 함부로 칼을 가지고 돌아다니지는 못할 것 같은데."

내가 그저께 얻어들은 이야기를 하자 사토미는 고개를 크게 끄덕이며 동의했다.

"당연히 그렇겠지. 경찰도 제법 예민해진 모양이야. 우리 삼촌도 불심검문을 당했다며 투덜대더라고. 상당히 끈질기게 붙잡고 서서 30분이나 놓아주지 않았대. 삼촌은 서른 살이나 먹었으면서 일도 안 하고 빈둥대고 있으니 의심받아도 어쩔 수 없지만."

"서른 살!"

나도 모르게 소리를 질렀다.

"왜? 서른 살이면 꼭 일을 해야 하는 거야?"

자기가 먼저 말해놓고 사토미는 구불구불한 갈색 머리를 쓸어올리며 나를 날카롭게 노려보았다. 밤색 눈동자가 진짜 밤만큼 커졌다. 하지만 서른 살인데도 빈둥빈둥 놀 수 있다면, 서른여섯 살에 죽을(예정인) 나는 일할 필요가 없지 않을까. 요즘 세상은 그렇게 돌아가는 걸까. 모를 일뿐이다.

"어차피 범인은 집이나 은신처로 고양이를 가져가서 토막 낼 거야. 변태 같으니라고. 하지만 고양이만 상대하는 걸로 봐서 겁쟁이가 분명해. 게다가 어른이라면 모를까 어린아이라면 상대방도 경계를 풀 가능성이 있어." 사토미가 주장했다.

"그럴지도 몰라." 다카시가 싱거울 정도로 쉽게 동의했다. "앞니가 없는 3학년 도시후미한테 들었는데, 하이디가 살해당하기 이틀 전에 근처에서 수상한 남자가 어슬렁거리는 걸 봤대. 남자인데도 머리를 길게 기르고 티셔츠 한 장만 걸친 모습이 꼭 대학생 같았다던데. 도시후미 집은 미치루가 사는 맨션 두 집 옆이잖아. 나는 그 대학생이 범인 아닐까 싶어. 그러니까 그 녀석을 조사하면."

대학생…… 그 말이 머릿속을 들쑤시고 돌아다녔다.

"요즘 수상한 대학생은 동네 어디든 있어. 우리 가게에도 온단 말이야. 야한 잡지 코너를 자주 들락날락한다고."

도시야가 급히 끼어들었다. 도시야네 집은 서점인데, 역 앞에 생긴 대형 서점에 맞서려고 3년 전부터 야한 잡지를 들여놓았다. 손님은 늘었지만, 부모들의 평판은 나빠졌다.

"서점이랑 맨션 부근은 달라도 한참 다르지. 평범한 대학생은 야한 잡지를 사려고 서점에는 가도 주택가를 어슬렁거리지는 않아. 그 부근에는 아무 가게도 없으니까."

사토미가 밤색 눈동자로 도시야를 노려보았다. 모처럼

단서가 나왔는데 훼방하지 말라는 듯이. 사토미는 다카시보다 적극적이고 행동력도 있다. 만약 맨션 주변을 어슬렁거렸다는 대학생이 누군지 알면 바로 쳐들어갈지도 모른다. 그런 만큼 성격이 시원시원하고 쏨쏨이가 좋아서 늘 로스리스버거에서 감자튀김을 사 오기는 하지만.

"하지만 그 부근은 역에서 우리 가게로 오는 지름길이란 말이야. 혹시 길을 잃고 헤매는 중이었다고 해도 이상할 건 없어."

사토미의 날카로운 시선을 피하듯 도시야는 고개를 살짝 움츠렸다.

"뭐, 그럴지도 모르지. 애당초 어디에 사는 누구인지 짐작도 가지 않으니 뜬구름 잡는 이야기이기는 해."

마커를 든 다카시도 마지못해 고개를 끄덕이며 말했다. 단서를 제시한 다카시가 물러나자 사토미도 기세가 꺾였는지 입을 다물었다. 다만 밤색 눈동자로 도시야를 매섭게 노려보았다.

잠시 무거운 공기가 흘렀다.

"저기."

나는 답답함을 참다못해 조심스레 입을 열었다. 이런 말을 이 자리에서 해도 될는지는 모르지만…….

"그 대학생, 아키야 가이라는 사람일지도 몰라."

"어째서?"

세 사람이 일제히 나를 쳐다봤다. 체념한 듯한 얼굴로 소파에 기대 있던 미치루도 놀란 표정을 지으며 몸을 일으켰다.

"그건······." 네 사람의 뜨거운 시선이 느껴졌다. 나는 잠깐 궁리한 끝에 거짓말했다.

"최근에 볼일도 없는데 집 근처에서 어슬렁거리는 걸 봤대."

"누가 봤는데? 우리 반 친구야?"

다카시가 커다란 몸을 흔들면서 마구 다그쳤다.

"그건······ 이름은 밝히지 말라는 부탁을 받았어. 만약 그랬다가는 자기는 아무것도 못 본 걸로 하겠다고 몇 번이나 강조하더라고. 장소가 각각 다른 만큼 관계없을지도 모르고, 일러바쳤다가 들켜서 원망을 사면 큰일이라면서."

이렇게 된 이상 적당히 얼버무리는 수밖에 없다. 하지만 애매모호한 설명만 듣고도 아이들은 믿는 눈치였다.

"뭐야. 그렇게 중요한 정보가 있었으면 빨리 말했어야지, 진짜."

"그러니까 말이야, 괜히 뜸 들이기는. 그래서 아키야 가이라는 사람은 누군데?"

다카시와 사토미가 한마디씩 했다.

"글쎄, 대학생이라는 것밖에는. 나는 전혀 모르는 사람이고……."

이럴 줄 알았으면 스즈키에게 주소를 물어볼걸 그랬다. 후회하고 있자니 사토미가 갑자기 소리를 질렀다.

"맞다, 생각났어. 나 그 사람 알지도 몰라."

"정말이야, 사토미?"

미치루가 매달릴 듯한 눈으로 사토미를 쳐다봤다. 사토미는 응, 하고 힘차게 고개를 끄덕였다.

"사촌 오빠네가 미이사와 정에서 연립주택을 운영해. 그런데 거기 사는 사람 중 하나가 늦은 밤에 큰 소리로 게임을 하고 고약한 냄새가 풍길 때까지 쓰레기를 방에 쌓아둔대. 막상 쓰레기를 버릴 때도 분리수거를 제대로 안 한다나. 아무튼 엉망진창이래. 요전에 되도록 빨리 나가면 좋겠다고 불평하더라고. 지금은 법이 있어서 함부로 못 쫓아내는 모양이야. 그런데 엉망진창으로 사는 그 사람 이름이 아키야 가이라고 그랬어. 마치 빈집이냐고 묻는 것처럼 희한한 이름('빈집이냐'고 묻는 일본어 '아키야카이'와 발음이 비슷하다-옮긴이)이라 똑똑히 기억해."

"미이사와 정이라. 그러면 범인일 가능성은 충분해."

다카시가 그렇게 중얼거린 후 화이트보드에 가미후리 시 지도를 대충 그렸다. 그리고 빨간 마커로 네 군데에 동그라미를 쳤다.

"보다시피 고양이 학살사건 네 건 모두 가미후리 시 남쪽에서 발생했어. 미이사와 정도 남쪽이니까 거기 산다면 남쪽 지리는 잘 알 거야."

"하지만 어떻게 하려고?" 선생님에게 질문할 때처럼 도시야가 오른손을 번쩍 들었다. "본인을 찾아가서 당신이 고양이 학살사건 범인이냐고 물어봤자 솔직하게 대답할 리 없잖아. 그렇다고 그 사람이 집을 비운 사이에 몰래 숨어들 수도 없고."

"현장을 덮치기 위해 감시해야겠지. 어디 사는지는 아니까."

"그건 위험해." 도시야가 바로 반대했다. "고양이 학살사건의 범인은 한밤중에 고양이를 죽이잖아. 밤에 집을 빠져나와서 감시하다니 절대로 안 돼."

석 달 전, 우리 반 여학생을 스토킹하는 중학생의 꼬리를 붙잡기 위해 기를 쓰다가, 밤 10시 넘어서까지 귀가하지 않은 적이 있다. 당연히 몹시 야단맞았을 뿐 아니라, 탐정 놀이는 저녁 7시까지만 하겠다고 부모님과 굳게 약속했다. 만약 약속을 어기면 하마다 탐정단은 다비레인저의 라이벌 조직인 MAD처럼 강제로 해체당할 게 분명하다.

"하지만 겨우 용의자를 찾았는데 손 놓고 보고만 있을 수는 없잖아."

다카시가 나를 슬쩍 쳐다보았다.

"내가 아빠한테 이야기해도 되겠지만, 아까도 말했듯이 목격한 애는 절대로 앞에 나서지 않을 거야. 제일 중요한 증인이 없으면 말해봤자 안 믿어줄걸."

이 자리에서라면 모를까, 신이 한 말을 아빠한테까지 이야기하려니 내키지 않았다. 게임에 어른을 끌어들이면 그저 장난이었다고 웃어넘기지 못할 것이다.

"뭐 기껏해야 어슬렁거렸다는 애매한 증언이기는 한데…… 그래!"

무슨 좋은 생각이라도 났는지 다카시가 화이트보드를 탁 두드렸다.

"도시후미한테 한번 보라고 하면 어떨까? 얼굴을 확인하는 거야. 도시후미가 목격한 수상한 사람과 아키야 가이의 얼굴이 일치하면 증언의 신빙성이 높다고 볼 수 있겠지."

"일치해도 범인이라는 보증은 없어."

도시야가 끈질기게 반대했다.

"하지만 볼일도 없이 어슬렁거렸다니, 이번 사건의 범인은 아닐지라도 앞으로 무슨 일을 저지를지 모르잖아. 한번 보고 확인할 만한 가치는 있다고 생각해."

사토미는 바로 찬성 의견에 가세했다. 옆에 앉은 미치루도 "맞아" 하고 작지만 또렷한 목소리로 동의했다.

"하이디를 위해 확인만이라도 해보고 싶어."

결국 나를 포함해 4대 1로 다카시의 의견이 가결돼 휴대전화로 도시후미를 불러내기로 했다. 도시후미는 마침 학교에서 돌아와 있었는지, 고양이 학살사건의 범인 이야기를 하자 알았다며 두말없이 승낙했다.

다만 약속 장소는 본부가 아니라 현도를 내려가면 바로 나오는 로스리스버거 앞이었다. 설령 협력자라 해도 관계없는 사람한테 본부 위치를 알려줄 수는 없다.

철칙은 그 정도로 엄격했다.

본부의 자물쇠를 잠그고 로스리스버거로 내려가니 이미 도시후미가 기다리고 있었다. 도시후미네 집은 로스리스버거에서 걸어서 5분도 걸리지 않는다.

"7시 정도까지는 시간 있지?"

다카시가 묻자 도시후미는 응, 하고 앞니가 두 개 빠진 얼굴로 고개를 끄덕였다. 저녁은 대개 8시 지나서 아빠가 퇴근하면 같이 먹으니까 그때까지는 괜찮다고 했다.

"그럼, 모두 함께 출동!"

빨간 티셔츠를 입은 다카시는 내키지 않는 듯 엉거주춤하게 선 도시야의 팔을 잡고 다비레인저의 레드다비가 항상 입에 담는 구호를 힘차게 소리쳤다.

• ◆ •

우리는 연립주택으로 향했다. 카스텔라를 두 개 포개놓은 것처럼 생긴 2층 건물로, 이름은 '행복장'이다. 층마다 집이 다섯 개쯤 있는 듯했다. 5년 전, 대학교가 생기는 시기에 맞춰 가지밭을 없애고 지었다고 한다.

'행복장' 옆에는 사토미의 사촌 오빠네 집이 있었다. 이쪽은 지붕에 훌륭한 장식 기둥이 달린 2층짜리 목조가옥이다.

사촌 오빠 고이치가 집에 돌아오자 사토미는 사정을 설명하고 집 안에서 감시하게 해달라고 부탁했다.

"그럼 2층에 있는 내 방이 제일 적당해. 거기서는 연립주택의 입구가 훤히 다 보이지만, 블라인드를 내리면 연립주택에서는 이쪽이 거의 안 보이거든."

고이치 형은 기꺼이, 아니 오히려 의욕을 불태우며 우리 부탁을 들어주었다. 고양이 학살사건에 화가 난 데다, 원래부터 추리소설 애독자였다고 한다.

"확실히 아키야 가이 그놈이라면 고양이를 죽이고 돌아다닐지도 몰라."

아키야 가이가 몹시도 싫은 모양인지 고이치 형은 벌레라도 씹은 듯한 표정으로 이름에다 놈을 붙여서 불렀다. 고이치 형은 중학교 2학년치고는 키가 커서 겉보기에는 고등학생처럼 보였다. 다만 사토미의 사촌이 맞나 싶을 만큼 피부가 하얗고 비쩍 말라서 멀리서 보면 팽이버섯 같았다. 운동보다는 책 읽기를 좋아하는지 고이치 형의 책장에는 어려운 한자가 적힌 어른용 책이 잔뜩 꽂혀 있었다. 천장에는 색소폰을 부는 흑인의 흑백 포스터를 두 장 붙여놓았다.

어쩐지 사토미의 사촌 오빠라기보다 미치루의 사촌 오빠같이 느껴졌다.

"그럼 아키야가 돌아오면 알려줄게. 사토미, 부엌에서

주스 가져다가 애들이랑 나눠 마셔."

고이치 형은 그렇게 말하더니 창가에 놓은 의자에 턱 걸터앉았다. 결국 가만히 기다리는 수밖에 없지만, 느닷없이 몰려와서 고이치 형한테만 감시를 시키고 주스까지 얻어 먹다니 어쩐지 미안했다. 모두 비슷한 생각이었는지 둥글게 둘러앉아 주스를 마셨지만, 평소처럼 활기차게 이야기를 나누지는 않았다.

"야야, 그렇게 얌전하게 안 있어도 돼. 이야기도 좀 하고 그래라. 그래야 나도 덜 지루하지."

오히려 고이치 형이 신경을 써주는 꼴이었다.

"그런데 너희들 몇 시까지 여기 있을 수 있어?"

"6시 좀 넘어서 가야 해. 7시까지 돌아가지 않으면 야단맞거든. 그때까지 아키야 가이가 돌아오면 좋을 텐데."

사토미는 빨대를 문 입을 삐쭉 내밀었다.

"그 녀석은 보통 저녁나절에는 돌아와. 분명히 대학에도 친구가 없을 거야."

이야기하면서도 고이치 형은 '행복장' 입구를 진지한 눈빛으로 감시했다. 다리를 꼰 자세로 의자에 앉아 손가락으로 블라인드를 밀어 올리고 밖을 내다보는 모습이 형사 드라마 주인공처럼 묘하게 폼 났다. 실은 감시를 제법 즐기는 건지도 모르겠다.

"그럼 빨리 집에 와서 아침까지 실컷 게임할 수 있겠네요. 대학교에는 숙제가 없잖아요."

"그런 모양이야. 게다가 수업을 별로 안 들어도 된다나 봐. 나도 빨리 대학생이 되고 싶다."

"고이치 오빠도 가미후리 대학교에 갈 거야?"

고이치 형은 고개를 세차게 저었다. "설마. 그런 대학에는 꼴통들만 다닌다고 아빠가 늘 그런단 말이야. 나는 더 좋은 대학에 갈 거야. 고교입시도 가미후리 고등학교를 목표로 할 거고."

가미후리 고등학교는 가미후리 시에서 제일가는 명문 고교다.

"가미후리 대학교는 아무나 들어갈 수 있대. 나도 거기는 가지 말아야겠다."

응응, 하고 고개를 끄덕이며 사토미가 동의하듯 말했다.

"난 미식축구만 할 수 있으면 어디든 상관없어. 하지만 가미후리 대학교에는 미식축구부가 없는 모양이니 외부로 나가야겠지만."

도코요 시의 미식축구 리틀 리그에 참가 중인 다카시가 그렇게 중얼거리자, 이번에는 도시야가 끼어들었다.

"나도 한 번쯤은 자취를 해보고 싶어. 혼자 살면 재미있을 것 같아."

"혼자 살다니, 도시야한테는 힘들지 않을까. 싸우다가 살짝 까지기만 해도 항의하러 오실 만큼 부모님이 애지중지하니까 그렇게 쉽사리 자취를 허락하실 것 같지 않은데. 게다가 서점을 이어받을 테니 대학에 가나 안 가나 매한가지잖아."

"어차피 부모님 뒤를 이을 거니까 그때까지는 자유롭게 살고 싶어. 자유란 얻는 게 아니라 쟁취하는 거지. 그러니까 엄마 아빠가 아무리 반대해도 나갈 거야."

도시야는 안경알을 번쩍이며 전에 없이 열띤 투로 힘주어 말했다. 모두 제각기 목표가 있는 모양이다. 동네를 떠나기 싫다는 이유만으로 가미후리 대학교에 가려는 나만 바보가 된 기분이었다. 하지만 미치루가 있다면······.

"미치루는 어때? 엄마랑 단둘이 사는 데다 외가도 가깝잖아. 계속 여기 있을 거야?"

넌지시 물어보자 미치루는 남은 얼음을 휘젓던 빨대를 멈추고 대답했다.

"난 그림을 좋아해서 이왕이면 미대에 가고 싶어."

가미후리 대학교에 예술과 관련된 과는 없다. 미치루마

저 여기를 떠나는 걸까……. 어째서 거기에는 예술과도 미식축구부도 치의예과도 없는 거야? 나도 시외에 있는 대학으로 갈까.

"미치루는 그림을 잘 그리잖아. 재능이 있어. 힘내."

사토미가 쓸데없이 응원했다. 게다가 나한테 이렇게 물었다.

"그런데 요시오는 어때? 공부랑 운동 둘 다 그렇게 잘하는 것 같지 않던데."

"나? 나는……."

솔직하게 대답하면 얼간이 취급당할 것 같았다. 어떻게 얼버무릴지 망설이는데 고이치 형이 갑자기 "왔다!" 하고 소리쳤다.

"저 녀석이 아키야 가이야."

모이를 쥔 사람에게 날아드는 비둘기처럼 모두 일제히 창문으로 다가갔다.

후줄근한 티셔츠 차림에 고이치 형보다 호리호리하고 머리가 부스스한 남자가 연립주택 정문으로 들어갔다. 방에 쓰레기를 쟁이는 사람답게 옷차림이 불결했다. 뾰족한 턱에 여우처럼 치켜올라간 눈. 밤에 길을 가다 마주치면 좀 무서울 것 같았다.

"야야, 그렇게 모여들면 정작 도시후미가 못 보잖아."

고이치 형은 우리를 밀어제치고 도시후미를 의자에 앉혔다.

"어때?" 사토미가 묻자 도시후미는 자신 없다는 듯 고개를 저었다.

"미안해, 잘 모르겠어. 머리카락은 저런 느낌이었는데, 키는 좀 더 작았던 것 같기도 하고. 옷도 달라."

"얼굴은?"

"그렇게 확실히 본 건 아니니까……. 보면 떠오를 것 같았는데. 하지만 저 사람처럼 몸이 호리호리했어."

"답답하네. 증인이면 증인답게 똑똑히 좀 기억하란 말이야."

사토미가 입을 크게 벌리고 고함을 쳤다. 도시후미가 증인으로 흔쾌히 나섰는데도 전혀 봐주지 않았다.

"너무해. 그때는 하이디가 그렇게 죽을 줄 몰랐단 말이야……."

3학년 사이에서는 대장 노릇을 하는 도시후미도 상대의 나이가 많아서인지 말을 살짝 조심하는 듯했다. 미치루는 어떤가 싶어 쳐다보니, 확증을 얻지 못해서인지 힘없이 고개를 축 늘어뜨렸다. 어쩐지 가슴이 아팠다.

"뭐, 어쩔 수 없지. 아는 사람이면 모를까, 처음 보는 얼굴이었으니."

다카시가 도시후미의 어깨를 탁 두드리며 위로하더니, 블라인드를 벌리고 도시야의 디지털카메라로 사진을 찍었다. 액정화면을 보자 비스듬히 옆으로 찍히기는 했지만 아키야 가이의 얼굴이 확실하게 담겼다.

"이걸 출력해서 죽은 고양이들이 살던 곳 주변을 모두 함께 탐문하자. 목격자가 나타날지도 몰라."

다섯 명이 분담하면 제법 많은 사람에게 물어볼 수 있을 것이다. 얼굴을 분명히 기억하는 사람이 나타날지도 모른다. 내일부터 바쁘겠네……. 그렇게 각오했을 때, 창가를 떠나 침대 가장자리에서 당당히 담배를 피우던 고이치 형이 천천히 입을 열었다.

"그나저나 왜 아키야가 범인이라고 생각하는지 잘 모르겠네. 확실히 그런 짓을 저질러도 이상하지 않을 놈이기는 하지만. 무슨 증거라도 나왔어?"

당연한 질문이었다. 모두 내 얼굴을 쳐다보았다. 한 시간쯤 전에 본부에서 처음으로 아키야의 이름을 꺼냈을 때처럼. 다만 이번에는 도시후미와 고이치 형, 두 사람의 시선이 거기에 더해졌다. 어쩌지. 하지만 이제 와서 신이 말했다고는 할 수 없다. 아키야 가이는 실제로 있었으니 새빨간 거짓말은 아니다. 분명 스즈키가 뭔가 목격한 것이리라. 하지만 그 이야기를 꺼내면 게임을 망치는 셈이고, 스즈키가 내 말을 부정할 것 같기도 했다.

"그건……."

난 어떻게 대답해야 할지 몰라서 말을 머뭇거렸다.

"아, 그렇구나! 그거였어!"

대단한 발견이라도 한 것처럼 고이치 형이 큰 소리를 지르며 만화 속 주인공처럼 주먹 쥔 오른손으로 활짝 펼친 왼손을 탁 두드렸다. 분명 고이치 형 머리 위에서 보이지 않는 전구가 켜졌을 것이다. 고이치 형은 담배를 재떨이에 비벼서 끈 후, 흥분한 기색으로 말을 꺼냈다.

"역시 아키야가 범인일지도 몰라."

"어째서? 뭐 좀 알아냈어, 고이치 오빠?"

사토미가 흥미진진하다는 듯 몸을 내밀었다.

"고양이야, 고양이. 첫 번째 고양이는 머리와 꼬리를 자른 다음에 두 앞발을 묶어서 매달았다고 신문에 나왔잖아."

"맞아. 정말 끔찍해."

"다음은 왼쪽 앞다리와 뒷다리를 잘라냈고. 다음은 다리

네 개를 전부 다. 다음은 머리와 두 뒷다리."

고이치 형은 급히 가방에서 노트를 꺼내 하얀 페이지에 연필로 그림을 그렸다. 다카시와 마찬가지로 그림 실력은 시원찮았지만, 살해당한 고양이라는 건 알아볼 수 있었다. 머리와 꼬리가 없는 고양이의 앞발이 묶여 있고 뒷다리는 대각선으로 벌어졌다.

"봐, 'A'야."

"A라니…… 알파벳?"

사토미의 질문에 고개를 살짝 끄덕인 고이치 형은 뭔가에 홀린 듯 그림을 계속 그려나갔다. 꼬리를 세로로 쭉 뻗은 채 왼쪽 앞다리와 뒷다리 없이 똑바로 누운 고양이. 몸 오른쪽에 앞다리와 뒷다리가 튀어나왔다.

"다음은 'K'."

확실히 K로 보였다. 다음은 머리부터 꼬리까지 쭉 뻗은 'I'. 이어서 머리와 뒷다리 없이 앞다리를 만세 하듯이 치켜든 'Y'. 고이치 형이 그림을 한 장 한 장 설명할 때마다 우리 얼굴은 점점 굳어졌다.

"A, K, I, Y……아키야 가이, AKIYAKAI. 그 녀석은 분명 자기 이름을 남긴 거야."

"그럼 다음은 A라는 거야?"

아직 완전히 믿지 못하겠다는 표정으로 사토미가 물었다.

"아마 그렇겠지. 이름을 완성하려면 여덟 마리는 죽일 작정 아닐까."

고이치 형은 수수께끼를 풀어낸 쾌감에 취한 듯 만족스러운 표정으로 무서운 말을 입에 담았다.

"역시 아키야 가이가 하이디를 죽인 범인이었어."

처음 들어보는 차가운 말투로 미치루가 불쑥 중얼거렸다. 힘이 바짝 들어간 두 손으로 긴 치맛자락을 꽉 움켜쥐었다.

"잠깐만요. 도무지 모르겠네. 어째서 범인이 일부러 자기 이름을 남기는 건데요. 이상하지 않아요?"

개운치 못한 모두의 기분을 대변하듯 도시야가 고개를 갸웃하며 물었다.

"이상할 것도 없어. 이런 식으로밖에 울분을 토해내지 못하는 인간이 세상에는 제법 많다고. 벽에 자기 이름을 낙서하는 것과 마찬가지야. 정말 쓸데없는 짓이지만, 사람들의 관심을 끌고 자기 이름을 세상에 남길 방법을 이것밖에 모르는 거야. 애처로운 녀석들이지. 하지만 이름을 그대로 쓰면 붙잡히잖아. 그러니까 자기만 아는 형태로 이름을 남기고 암호를 풀지 못하는 경찰과 세상 사람들을 보며 비웃는 거야. 자기는 이름을 확실하게 남겨뒀다면서. 대단할 것 하나 없는 주제에 대단해진 기분에 빠진 거지."

"뭐 그런 놈이 다 있어?"

경멸스럽다는 듯 다카시가 눈살을 찌푸렸다. 열혈남아인 다카시가 제일 혐오하는 부류다. 만약 상대가 어른이 아니었다면 분명히 당장에라도 뛰쳐나가서 때려눕혔으리라.

"그러게. 변변치 않은 자기 욕심을 채우려고 하이디와 다른 고양이들을 죽이다니 믿을 수 없어."

사토미도 떨떠름한 표정을 지었다.

"그런데 어떻게 할 거야? 이 이야기를 경찰이 믿어줄까?"

지금까지 아빠와 이야기해본 내가 느끼기에 경찰은 이런 추측만으로는 움직여주지 않을 것 같았다.

"결정적인 증거가 없는 데다 추리도 나중에 갖다붙인 거나 마찬가지니까. 하지만 만약 다음에 고양이가 또 'A' 모양으로 죽으면 아키야가 범인이라고 믿어주지 않을까?"

"고양이가 또 죽기를 기다리자는 거야? 고이치 오빠도 참 잔인하네."

"그런 건 싫어. 이제 더는 고양이들이 하이디처럼 죽지 말았으면 좋겠어."

온 힘을 다해 미치루가 크게 외쳤다. 붉어진 눈에서 눈물 한 줄기가 뺨을 타고 흘러내렸다.

"그래. 고양이들이 더 죽도록 내버려둘 수는 없어. 고이치 오빠, 어떻게 좀 안 될까?"

사토미는 미치루의 손을 꼭 잡아준 후, 고이치 형의 어깨를 쥐고 흔들었다.

"하지만 이렇다 할 증거가 없으면……."

과연 계속해서 묘안이 떠오르지는 않는 모양인지, 고이치 형은 팔짱을 끼고 고개를 갸우뚱했다.

"좋은 생각이 하나 있는데."

다카시가 갑자기 말을 꺼냈다.

"미치루. 요전에 하이디의 방울이 떨어졌다고 했지? 아직 가지고 있어?"

처음에 하이디의 목걸이에는 작은 은색 방울이 달려 있었다. 그런데 사건 전날 방울을 연결한 고리가 벗겨지는 바람에 목걸이에서 방울이 떨어졌다. 지금 생각해보면 신발 끈이 끊어지는 것과 마찬가지로 불행이 일어날 조짐이었는지도 모른다.

"응. 하이디의 유품이니까 책상 서랍 속에 잘 넣어뒀어."

"고이치 형이 그걸 연립주택 앞에서 주웠다면서 경찰에 가져다주는 거야. 그리고 지금 추리를 들려주면서 아키야 가이가 수상하다고 하면 경찰도 믿지 않을까?"

"야야, 너희 지금 증거를 날조하자는 거야?"

"좋은 생각이야. 다카시도 가끔은 제법 그럴듯한 의견을 내는걸? 하자, 하자. 부탁이야, 고이치 오빠."

"아무리 그래도."

고이치 형은 인상을 찌푸리며 머뭇거렸다.

"믿을 사람은 고이치 오빠밖에 없어. 그리고 만약 아키야가 체포되면 보답은 톡톡히 할게."

사토미가 어울리지도 않게 애교를 부리면서 고이치 형에게 부탁했다. 동시에 팔꿈치로 미치루의 옆구리를 찔렀다. 뜻이 통했는지 미치루도 "부탁이에요, 고이치 오빠" 하고 울어서 퉁퉁 부은 눈으로 매달렸다.

여자아이한테는 약한지 고이치 형은 "어떻게 하지" 하고 망설였다. 즉시 미치루가 바싹 다가가서 "하이디를 위해서예요. 제발 부탁드려요" 하고 애원했다.

"저도 부탁할게요, 고이치 형."

다카시도 커다란 몸을 구부리며 두 사람에게 힘을 보탰지만, 고이치 형 귀에 남자 목소리는 들어오지 않는 듯했다. 오로지 여자아이들의 공격에 당황해 몸을 뒤로 젖혔다.

더는 못 당해내겠는지 고이치 형은 "……어쩔 수 없지"

하고 난처한 표정을 지으면서도 결국 우리 부탁을 받아들였다.

"그럼 내가 방울을 주운 걸로 하자. 아까 그 추리도 전할게. 그러면 되지?"

4분의 1 정도 자포자기한 목소리로 고이치 형이 그렇게 말했다.

"됐다!" 세 사람은 앉은 채 춤이라도 출 듯한 기세로 손을 맞잡고 기뻐했다. 끼어들 기회를 놓친 나랑 도시야는 꿔다놓은 보릿자루 신세가 됐다. 입맛이 좀 썼다.

"하지만, 만약 그 녀석이 범인이 아니라면 엄청난 민폐를 끼치는 거 아닐까?"

난 옆에서 찬물을 끼얹었다. 이 말에 질투심이 섞인 것은 부정하지 않겠다.

"분명히 그 녀석이 범인이라니까. 모든 게 딱딱 들어맞는걸. 게다가 아키야 가이가 수상하다고 말한 건 너였잖아?"

고이치 형을 볼 때와는 딴판으로 사토미가 매섭게 노려보는 바람에 나는 엉겁결에 입을 다물었다. 그 이야기를 꺼내자 아무 반박도 할 수 없었다.

"하이디의 원수만 갚을 수 있다면 무슨 방법을 쓰든 상관없어. 오늘은 늦었으니까 내일 하이디의 방울을 가지고 올게요."

미치루가 두 손을 모으고 기쁘게 말했다. 하이디가 죽은 후로 줄곧 어두웠던 얼굴에 오랜만에 미소가 비쳤다.

미치루에게 웃음이 돌아오다니 정말로 기뻤다.

하지만 이래도 정말 괜찮을까…….

천벌

"스즈키, 아키야 가이가 고양이 학살사건의 범인이라는 걸 어떻게 알았어?"

여느 때처럼 화장실 청소를 하는 중이었다. 종소리가 울리자마자 나는 그렇게 묻지 않을 수 없었다.

오늘 아침 미치루는 오랜만에 밝은 표정으로 등교했다. 인사할 때도 진눈깨비가 섞인 듯 어둡던 어제까지와는 달리, 제법 명랑함이 느껴졌다. 정말 기쁜 일이다. 하지만······.

방과 후에 미치루가 방울을 건네면 고이치 형이 그걸 들고 경찰서에 가기로 했다. 아키야 가이를 바로 체포할지 당분간 자유로이 두고 감시할지는 모르지만, 어쨌거나 아키야 가이를 중요한 인물로 점찍을 것이다.

하지만 만약 그가 무죄라면……. 그런 마음이 들자 확인하지 않을 수 없었다. 설령 게임을 중단하는 한이 있더라도.

"머릿속이 꽤 복잡한 모양이네. 몇 번이나 말했듯 난 모르는 게 없어."

스즈키는 게임을 중단할 마음이 전혀 없는 모양이었다. 대걸레를 한 손에 들고 끝까지 신이라고 우겼다. 정말 밉살스러웠다.

"그럼." 나는 물어보았다. "아키야는 어떻게 돼?"

"체포되겠지. 거기까지는 아직 보지 않았지만, 원한다면 봐줄게."

"아닐세, 이 몸은 사양하겠네."

이런 상황인데도 무심코 탈무드 사령관의 말투가 튀어나왔다. 평소에 마구 사용해서 입버릇이 된 탓이다. 그런 나 자신이 조금 싫어졌다.

"그거, 탈무드 사령관이 하는 대사구나."

"스즈키도 '다비레인저'를 봐?"

바로 어리석은 질문임을 깨달았다. 신이니까 당연히 알겠지. 내가 후회하는 걸 알아차렸는지 스즈키는 별다른 말을 하지 않았다.

"다음 주에는 다비레인저의 기지가 폭격당해서 탈무드 사령관이 위기에 처하나 봐. 사령관, 죽을까?"

네이팜탄이 투하돼 무시무시한 폭발이 일어나는 기지와 콘크리트 지붕에 깔린 사령관의 모습이 다음 주 예고로 흘러나왔다. 좋든 싫든 적 로봇 두 대의 정면공격으로 제노사이드 로봇이 곤경에 빠진 것과 함께 기대를 품게 만드는 전개다.

"괜찮아. 형인 바하무트 장관이 구하러 나타나니까."

스즈키는 쌀쌀맞게 대답했다.

어떻게 거기까지 알고……. 한순간 놀랐지만 인터넷이나 프로그램 편성표를 보고 조사했는지도 모른다. 바하무트라는 이름은 처음 들었으니 새로운 캐릭터가 틀림없다. 새로운 캐릭터가 나온다면 분명 여기저기 관련된 내용이 대대적으로 올라왔을 것이다. 나랑 히데키는 이야기가 어떻게 풀려나갈지 미리 알기 싫어서 그런 정보를 찾아보지 않지만, 열심히 정보를 찾아내 교실에서 의기양양하게 떠드는 녀석도 있다. 도시야도 옛날에는 그랬지만, 다카시에게 얻어맞고 나서 얌전해졌다.

"그렇다면 예고 마지막 부분에 나온 검은 형체는 탈무드 사령관의 형이구나."

"그래. 실은 적의 고위 간부지만."

"정말로?"

아무리 정보지라 해도 그렇게 중요한 비밀까지 쉽게 밝힐 리가 없다. 그냥 허세를 부리는 걸까? 스즈키라면 그럴 법도 했다.

"뭐, 알았어. 조만간 참말인지 거짓말인지 밝혀지겠지."

11년이나 26년 후의 일은 몰라도 바하무트의 정체는 몇 달만 있으면 밝혀질 것이다.

하지만 스즈키는 "글쎄다" 하고 야릇한 웃음을 지었다.

"무슨 뜻이야?"

"다다음 주가 되면 알 거야."

또 이상한 소리를. 이것도 이 녀석의 특기인 허세일까?

고양이 학살사건도 그렇고…… 그렇게 생각하다 겨우 정신을 차렸다. 좋아하는 다비레인저 때문에 이야기가 옆길로 새고 말았다. 지금은 아키야 가이의 일이 먼저다.

나는 어험, 하고 헛기침을 하고 다시 말을 꺼냈다.

"아키야 가이는 왜 고양이를 계속 죽이는 거야? 이유가 있겠지?"

"별 볼 일 없는 대학생한테는 자신의 이름을 쉽사리 세상에 알릴 만한 수단이니까. 그런 식으로 죽이면 사건이 들통나든 나지 않든 자기 스스로는 만족할 수 있거든."

스즈키도 고이치 형이랑 똑같은 말을 했다. 즉, 스즈키는 범인이 고양이들을 어떤 법칙에 따라 죽였는지 알고 있었던 셈이다. 그래서 아키야 가이를 범인으로 지목할 수 있었던 건가.

하지만 의문도 있었다. 살해당한 네 마리로 알아낼 수 있는 글자는 'AKIY'뿐이다. 이 단계에서는 '아키야마'나 '아키 요이치'가 범인일 가능성도 있다('아키야마'일 경우에는 'M' 모양을 어떻게 만들지 상상하고 싶지 않지만). 게다가 사실 앞다리를 대각선 위가 아닌 양옆으로 펼쳐서 'Y' 말고 'T'를 만들려고 했는지도 모른다(그럴 경우는 '아키타'라는 흔해 빠진 성씨가 된다).

아키야 가이 본인이 명백히 수상해 보여서 깊이 생각하지 않았지만, 원래 'AKIY'만으로는 꼭 한 사람만 집어낼 수 없다. 그렇다면 스즈키는 도시후미와 마찬가지로 어딘가에서 아키야를 목격하고 나서야 'AKIY'라는 암호를 알아차리고 범인으로 단정했는지도 모른다.

어쨌든 스즈키가 가당치도 않은 억측이나 엉터리 논리로 아키야 가이의 이름을 꺼내지는 않았음을 알고 마음이 조금 가벼워졌다. 아키야 가이가 진짜 범인인지 아닌지는 경찰이 철저히 수사해주리라.

"정말 짜증 나는 범인이야. 붙잡히면 사형을 당하지 않을까?"

"이 나라의 법률상, 고양이를 죽여서는 사형 판결이 나지 않아. 사람을 한 명 죽여도 조금만 지나면 교도소에서 내보내주는 무사태평한 나라니까. 게다가 남의 반려동물이 아니라 길고양이를 죽였으니 죄는 더 가벼워질 테지. 수법이 잔인하다는 걸 제외하면 보건소에서 하는 일과 크게 다를 바 없거든."

"그렇겠지. 사람을 네 명이나 죽였으면 분명히 사형이겠지만."

기운이 쭉 빠졌다. 아무리 많이 죽여도 고양이는 고양이에 불과하다. 인간 취급은 해주지 않는다. 다들 이렇게나 슬퍼하는데. 범인은 그런 사실을 염두에 두고서 사람이 아니라 법적으로 안전한 길고양이를 죽이고 다니는 것 아닐까. 음험하기 짝이 없는 녀석이다.

"……그딴 녀석은 지옥에 떨어지면 좋겠어."

내가 중얼거리자 스즈키가 바로 걸고넘어졌다.

"공교롭게도 지옥이나 천국 같은 건 없어. 나랑 달리 인간은 죽으면 끝이야. 땅으로 되돌아갈 뿐 어디로도 가지 않지. 스스로 생각하는 것만큼 인간은 특별한 존재가 아니라고."

"그런 건 알아. 정말이지 융통성이 없다니까."

"분수도 모르고 신에게 융통성을 요구하는 게 잘못이야."

스즈키가 무표정한 얼굴로 맞는 말을 했다. 네네, 제가 잘못했습니다. 토라진 눈으로 스즈키를 바라보자, 반대로 스즈키는 표정을 부드럽게 누그러뜨렸다.

"하지만 원한다면 아키야 가이에게 천벌을 내려줄 수도 있어."

"천벌?"

"신이 무도한 악인을 응징하려고 발휘하는 힘을 가리키는 말이야. 하기야 난 그런 벌을 내린 적이 거의 없지만. 창조물에게 별로 간섭하지 않고 가만히 구경하는 게 훨씬 즐겁거든. 대개는 악인이 우연히 험한 꼴을 당해 죽는 모습을 보고서 내가 그랬다고 멋대로 믿더라고."

"인과응보에 따른 불행이 업그레이드된 거로구나. 그런데 신은 어째서 악인이 멋대로 설치게 내버려둬?"

"내가 왜 인간의 소원을 들어줘야 하지? 만약 네가 만든 건담 프라모델이 말을 할 수 있게 돼서 거스러미가 남았으니 제대로 다듬으라는 둥, 물감이 삐져나왔으니 다시 칠하라는 둥 이래라저래라 요구하면 너도 짜증 날걸."

웬일로 스즈키가 목소리를 조금 높여서 힘차게 말했다. 확실히 인간은 무슨 일이든 신에게 기원한다. 돈벌이, 남녀 간의 사랑, 순산, 입시, 건강 등등 일본에는 다양한 소원에 영험하다는 신사와 절이 있다. 특히 새해 첫날에 일본에서 신에게 비는 소원만 헤아려도 그 숫자가 어마어마하리라. 전지전능한 신은 모든 소원이 다 들릴 테니까 제아무리 신이라 한들 지긋지긋할지도 모르겠다.

"나는 신이 아닌걸. 하지만 스즈키는 전지전능한 신이잖아. 시험에 합격하게 해달라거나 사랑을 이루어달라는 소원은 제쳐두더라도, 엄청난 악당한테 천벌을 내리는 것 정도는 괜찮지 않을까. 그러면 수많은 사람을 구할 수 있을 텐데."

"인간을 구하는 건 신이 아니라 인간 자신의 역할이야. 인간이 멋대로 내게 의지해 살아갈 힘을 얻는 건 자유지만. 종교란 자의식을 지닌 모든 생명체에게 존재하는 법이니까. 하지만 나는 그들을 그냥 구경할 뿐이야. 이런 말을 들으면 화가 날지도 모르겠지만, 인간 사회가 혼란스러워진 끝에 망하든 말든 나하고는 상관없어. 멸망해도 또 만들면 그만이니까. 지금까지 몇 번이나 그래왔어. 인간은 신을 무슨 자신들이 번영하도록 책임져야 하는 수호자인 양 여기는데, 나는 기본적으로 지적 생명체를 포함해 어떤 생물이나 물질도 특별하게 여기지 않아. 이렇게 따로 이야기를 나눈다면 또 모르지만. 그러니까 특별히 네 소원은 들어줄게. 너랑 이야기하면 여러모로 재미있거든."

"……그럼, 만약 다음 주가 돼도 범인이 붙잡히지 않으면 그 녀석한테 천벌을 내려줄래?"

나는 일부러 아키야 가이의 이름을 꺼내지 않고 부탁해보았다. 아직 아키야가 범인이라고 확정된 것은 아니기 때문이다.

"알았어." 양동이에 대걸레를 담그면서 스즈키는 선선히 고개를 끄덕였다.

"그게 네 소원이란 말이지? 확실히 접수했어. 네가 미워하는 범인한테 천벌을 내려줄게."

"정말이야?"

"난 약속을 어기지 않아. 말해두겠는데 신은 약속을 꼭 지킨다고 특별히 정해져 있는 건 아니야. 지킬지 말지는 내가 판단해. 다만 나는 전능하니까 어길 필요가 없지. 전부 들어줄 수 있거든."

"만약에 말이야." 갑자기 짓궂은 질문이 떠올랐다. "내가 신을 없애달라고 부탁하면 어떻게 돼? 들어줄지 말지는 둘째 치고 할 수 있는 일이야?"

"그러니까 나는 너희들이 생각하는 '유무'의 존재가 아니라니까. 그런 일은 못 하는 게 아니라 아예 말이 안 돼. 가령 나를 없앨 수 있다면, 반대로 나를 하나 더 만들 수도 있다는 소리거든. 내가 신인 이상 그런 일은 절대로 없어."

그런가, 그런 거구나…….

그때 종이 울려서 신과의 대화는 내일까지 중단됐다.

• ◈ •

그날 방과 후에 신발장 앞에서 히데키가 말을 걸었다.

"요시오, 탐정단에 무슨 일 있어?"

단도직입적인 질문이었다. 나는 운동화로 갈아 신고 아무렇지도 않게 "왜?" 하고 되물었다.

하지만 허사였던 듯하다. 그러고 보니 속마음이 얼굴에 다 드러난다는 말을 전에도 들었었지.

히데키는 기쁜 듯 "역시 무슨 일이 있구나" 하고 표정을 풀었다.

"다카시랑 쓰지 사토미가 학교 안뜰 구석에서 이야기하는 걸 봤어. 둘이 몰래 이야기를 나누다니 탐정단 일 말고 뭐겠어. 처음에는 다카시가 고백이라도 하는 줄 알았는데, 머리를 맞댄 채 뭔가 궁리하는 얼굴이었으니 그건 아니겠지. 애당초 다카시는 안뜰 같은 데서 고백할 성격이 아니거든. 그 녀석은 사람들 많은 데서 대놓고 말하든지, 전화로 좋아한다고 소리치든지 둘 중 하나야. 어쩐지 감이 딱 오더라니. 오늘은 야마조에 미치루도 기운이 넘쳤고 말이야……. 요시오, 고양이 학살사건에 뭔가 진전이 있지?"

히데키는 의기양양하게 훌륭한 추리를 선보였다. 조금 놀랐다. 우리 단원들보다 더 탐정 소질이 있는지도 모르겠다.

"뭐, 있었다면 있었을 수도 있고."

나는 모호하게 대답하고 주위를 두리번거렸다. 하지만 다카시의 모습은 보이지 않았다. 다카시가 있으면 바로 끼어들어서 구해줄 텐데. 탐정단 일이 관련되면 개보다 날카로운 후각을 발휘하는 다카시니까.

"다카시는 벌써 돌아갔어. 지원을 요청하려고 해도 그렇게는 안 되지. 자, 무슨 일이 있었는지 가르쳐줘."

히데키의 얼굴에는 흥미진진하다고 쓰여 있었다. 까만 사탕처럼 커다란 눈이 더는 못 참겠다는 듯이 빛났다.

'범인을 발견하고 덫을 놓았어. 범인의 이름은 아키야가이.'

이게 올바른 대답이다. 하지만 히데키도 일이 그 정도까지 진전된 줄은 모를 것이다. 사소한 힌트를 얻은 정도라고 생각할 테지. 기껏해야 어린이 탐정단이 경찰을 앞질렀을 거라고는 상상도 못 하리라. 어제까지 나도 미치루를 위해 뭔가 해주고 싶었지만, 진짜로 할 수 있을 줄은 꿈에도 몰랐다.

그러니까 솔직하게 설명할 필요는 없겠지. 적당하게 얼버무리면 되겠지만, 그러기가 쉽지 않다. 나는 머리가 그리 좋지 않은 데다 속마음이 얼굴에 드러나니까 어중간하게 거짓말하면 바로 들통난다. 어떻게 잘 둘러댈 방법이 없을까?

내가 망설이자 안달 난 듯 히데키가 출구와 나 사이에 끼어들어 재촉했다.

"야, 요시오. 우리는 제일 친한 친구잖아. 작년 캠핑 때 함께 전장을 헤치고 나온 하나뿐인 네 전우 아니야?"

작년 여름 캠핑에서 길을 잃었을 때의 이야기다. 밤중에 둘이 캠프장을 빠져나와 별을 보러 전망 좋은 언덕에 올라갔다. 언덕에서 보는 풍경은 캠프장이나 집에서 보는 풍경과는 완전히 달랐다. 맑고 새카만 밤하늘에 다이아몬드처럼 빛나는 별들. 눈에 익숙한 백조자리와 거문고자리가 한층 가까이 느껴졌고, 가만히 들여다보고 있으니 나도 모르게 빨려들 것 같았다. 그날의 밤하늘은 지금까지 봤던 그 무엇보다도 웅장한 파노라마였다.

거기까지는 좋았다. 정말이지 오기 잘했다 싶었다. 나중에 들켜서 혼나더라도 이 아름다운 밤하늘을 본 건 아주 귀중하고 가치 있는 경험이었다.

그다음이 문제였다. 시간 가는 줄 모르고 밤하늘을 바라보다가 허둥지둥 캠프장으로 돌아가는 도중에 우리는 길을 잃었다.

낮에 한번 와봐서 무심결에 마음을 푹 놓고 말았다. 꺾어야 할 길을 하나 잘못 들었으리라. 아무리 걷고 또 걸어도 캠프장이 나오지 않았다. 원래는 10분 정도밖에 안 걸리는데, 30분이 지나도 눈에 익은 장소가 나타나지 않았다. 오히려 걸으면 걸을수록 산길이 험해지는 통에 캠프장에서 멀어지는 것 아닌가 싶었을 정도였다.

달빛 덕분에 길에서 벗어날 걱정은 없었지만, 말없이 터벅터벅 걷는 사이 점점 몸을 옥죄어오던 공포가 지금도 생생하다.

그때 정말로 울 뻔했다. 만약 세찬 바람이 불어서 주변 나무들을 흔들거나 조그만 야행성 동물이 발치를 재빨리 달려서 지나갔다면, 분명 그 자리에 주저앉아 울음을 터뜨렸으리라.

그런 나를 질책하고 격려해준 사람이 바로 히데키다. 축 처진 내게 말장난을 걸고, 별자리 위치를 보고 방위를 알아내 올바른 방향으로 가고 있을 거라며 힘을 불어넣어주었다.

만약 히데키 없이 나 혼자였다면 깊은 산속에서 조난돼 다음 날 아침에는 죽었을지도 모른다. 히데키와 함께한 덕분에 살았다. 이를테면 히데키는 생명의 은인이다.

두 시간 후 만신창이가 된 발로 겨우 캠프장에 도착했을 때, 우리는 영원한 벗이 되기로 하늘에 맹세했다.

"당연하지. 우리는 베스트 프렌드야." 힘 있게 고개를 끄덕인 후, 나는 밖으로 나가서 사람이 없는 곳으로 자리를 옮기자고 부탁했다.

체육 창고 뒤에 도착하자 나는 콘크리트 벽을 등지고 앉았다. 학교 구석에 세워진 체육 창고 뒤에는 녹슨 울타리와 조그만 잡목림이 있을 뿐이다. 인기척이라곤 없었다. 운동장에서 노는 아이들의 목소리가 희미하게 들려올 뿐이라 다른 사람 시선을 신경 쓰지 않고 이야기할 수 있었다.

"그래서, 어떻게 됐어? 고양이 학살사건에 관해 무슨 정보라도 얻은 거야?"

옆에 책상다리 자세로 앉은 히데키가 더는 못 기다리겠다는 듯한 표정으로 물었다.

"……있지, 히데키. 실은 나도 가르쳐주고 싶어. 하지만 탐정단에는 철칙이 있다고. 그러니까 아무 대답도 못 해. 이해 좀 해주라."

"탐정단에 넣어달라든가 비밀 기지가 있는 곳을 알려달라는 게 아니잖아. 그냥 탐정단에서 무슨 일을 하고 있는지 듣고 싶을 뿐이라고. 그것도 안 돼?"

아니나 다를까, 히데키는 앞니를 드러내며 몰아붙였다.

"우리, 하늘에 맹세했잖아. 무슨 일이 있어도 가장 친한 친구로 지내기로."

"그래서 그러는 거야." 나는 고개를 세차게 저었다. "너랑 영원한 벗이 되기로 하늘에 맹세했지. 이 맹세는 절대 어기지 않을 거야. 약속할게. 하지만 나는 '하마다 탐정단'의 규칙도 지키겠다고 약속했어. 이해해줘, 히데키. '맹세'

와 '규칙' 양쪽 다 어길 수 없어. 만약 규칙을 지키지 않는다면 나는 맹세도 어길 수 있는 몹쓸 인간이라는 뜻이야. 언젠가는 너와 나눈 맹세도 어길지 몰라. 아니, 절대로 어길 생각은 없어. 하지만 한번 규칙을 어겼으니 넌 두고두고 날 의심의 눈으로 쳐다볼 테지."

"그럴 리 있겠어? 애당초 내가 억지로 너한테 규칙을 어기게 하는 거잖아. 무슨 말도 안 되는 소리를."

"말이 돼. 분명히 그럴걸. 예를 들어 내가 다른 아이와 친해졌다고 치자. 특히 너랑은 마음이 안 맞을 것 같은 애랑. 요시오는 예전에 규칙을 한 번 어겼으니까, 이번에는 저 녀석이랑 새로 맹세를 맺어서 '우리의 맹세'를 어길지도 몰라. 넌 분명히 그렇게 생각하겠지. 난 그게 정말 싫어."

나는 필사적으로 하소연했다. 하지만 히데키에게는 통하지 않는 듯했다.

"내 귀에는 그냥 변명으로 들리는데." 차가운 대꾸가 돌아왔다. 도저히 말을 붙일 엄두도 안 날 정도였다.

"그럼 나 보고 한번 약속한 걸 어기는 사람이 되라는 거야?"

과연 히데키도 한순간 말문이 막혔다. 내 목소리가 생각외로 컸던 탓도 있으리라. 하지만 바로 공격적인 표정으로 쏘아붙였다.

"지켜야 할 법에도 순서가 있다고 안티고네(고대 그리스의 극작가 소포클레스가 쓴 희곡 〈안티고네〉의 주인공. 개인의 양심과 국가의 법 사이에서 갈등하는 인물이다—옮긴이)라는 옛날 사람이 그랬어. 넌 '우리의 맹세'와 '탐정단의 규칙'을 저울에 달았을 뿐이야. 그리고 '탐정단의 규칙'을 고른 거지. 그러면서도 우리가 제일 친한 친구라고 할 수 있어?"

"그런 사람 몰라……. 아무튼 내가 규칙을 지키기 위해 입을 다물어도 너한테는 아무 손해도 없잖아."

하지만 탐정단의 활동 내용을 발설하면 나는 쫓겨날 테고, 만약 증거를 날조했다는 소문이 퍼지기라도 하면 더욱 큰일이다.

"그게 무슨 소리야? 베스트 프렌드라면서 정말로 큰일 났을 때만 도와주겠다는 거야? 평소에는 적당히 지내도 상관없다는 거냐고. 지금은 그럴싸한 소리를 늘어놓지만, 정말로 내가 난처할 때 도와주기는 할 거야? 정말로 제일 친한 친구라고 믿어도 되겠어? 네 진심을 말해봐, 요시오."

히데키는 콧김을 씩씩 뿜으며 정말로, 정말로, 하고 연신 따졌다. 나는 잠자코 고개를 숙이는 것이 고작이었다. 울고 싶었다. 하지만 여기서 울면 모든 것을 배신해버리는 듯한 기분이 들었다.

히데키를 이해시킬 필요가 있었다.

"……저기, 신이 있다고 생각해?"

나는 겨우 얼굴을 들고 중얼거렸다.

"뭐야 그게." 히데키는 어리둥절한 표정을 지었다. "있지 않을까. 산타클로스는 없는 모양이지만. 근처에 사는 친척 아주머니는 열심히 믿더라고. 내일도 신의 은혜로운 가르침을 받으러 일부러 도코요 시까지 간다나 봐. 그런데 그게 무슨 상관인데?"

"신이 고양이 학살사건의 범인을 가르쳐줬어……."

"작작 좀 해. 그걸 대답이라고 하는 거냐?"

히데키는 벌떡 일어서더니 실망했다는 표정으로 나를 내려다보았다. 분노로 입가가 일그러졌고 뺨은 벌게졌다.

"하지만 진짜로 신이 이름을……."

"더 듣기 싫어. 내가 널 잘못 봤네. 그렇게 탐정단이 좋으면 '맹세'는 내가 먼저 없던 걸로 해줄게."

히데키는 책가방을 거칠게 오른쪽 어깨에 걸쳐 메고 등을 휙 돌리더니, 성큼성큼 걸어갔다.

"히데키!"

불러도 대답은 돌아오지 않았다. 히데키는 어깨를 부들

부들 떨면서 체육 창고 모퉁이를 돌아 사라졌다.
나는 앉은 채 그 모습을 멍하니 바라보았다.

히데키

목요일. 빗속을 걸어 학교에 도착하자 교실에서는 히데키가 다비레인저의 스페셜 티셔츠를 자랑하고 있었다. 앞쪽에는 전투복과 똑같이 세로줄만 두 줄 들어갔지만, 뒤쪽에는 새빨갛게 일렁이는 불꽃 속에서 멋진 포즈를 취한 다비레인저 다섯 명이 커다랗게 박혀 있었다. 가게에서 파는 보통 다비레인저 티셔츠는 바탕색이 빨강, 파랑, 노랑, 검정, 하양 중 하나지만, 스페셜 티셔츠는 탈무드 사령관 버전인 은색이었다. 탈무드 사령관은 지금은 변신을 하지 않지만, 젊은 시절에는 실버 울프라는 이름으로 적에게 공포를 안겼다. 한 달 전, 방송이 끝날 무렵 한정 선물 이벤트 시간에 소개된 물건이라 이 버전은 아직 어디서도 팔지 않는다.

네다섯 명이 히데키 주변을 둘러싸고 떠들어댔다.

"뽑힌 거야, 히데키?"

내가 묻자 히데키는 무시하듯 고개를 홱 돌리더니 곁에 있던 도시야에게 말했다.

"어제 받았어."

등의 디자인을 보여주려는지 히데키가 몸을 조금 틀었다. 이러는 걸 보니 아직 화가 덜 풀린 듯했다.

텔레비전 화면에 나왔을 때는 몰랐는데, 자세히 보니 스페셜 티셔츠에는 사령관도 함께 불꽃 속에 있었다. 평소 냉혹하다고 할 만큼 차분한 탈무드 사령관까지 멋진 포즈를 취하다니 정말 특별한 상품이다.

"좋겠다. 나도 응모했는데."

도시야가 부러운 표정으로 말하자, "부럽지?" 하고 히데키가 하얀 이를 보이며 웃었다.

실은 나도 응모했지만 어제 도착하지 않았으니 떨어졌으리라. 겨우 다섯 명만 뽑는 이벤트라서 기대도 하지 않았지만.

다만 당첨돼서 신난 히데키의 얼굴을 보니까 어쩐지 몹시 속상했다.

사실 히데키한테 무시당한 게 제일 마음에 걸리기는 하지만.

히데키는 모두에게 잘 보이도록 패션모델처럼 몸을 빙글빙글 돌렸다. 티셔츠를 받은 기쁨에 들떠서 어제 일을 잊어줬으면 했지만, 아무래도 안 될 모양이었다. 히데키는 빙 둘러싼 무리 밖에 있는 내게만 일부러 시선을 주지 않았다.

"멋지지? 분명 엄마 아빠가 로봇을 안 사줘서 신이 대신 선물해준 거겠지."

설마, 하고 스즈키를 보았다. 스즈키는 자기 책상에 홀로 앉아 책을 읽고 있었다.

"하지만 오늘은 비가 오는데 아깝지 않아?"

오후에 그친다고는 하지만 지금은 이슬비가 내리는 중이다. 모처럼 얻은 특별한 물건을 첫날부터 빗방울에 적시며 오다니, 나로서는 도무지 이해가 가지 않았다. 도시야도 같은 기분인지 서로 어울리지 않는 튀김과 수박을 한 접시에 둔 듯한 표정으로 물었다.

"하루라도 빨리 보여주고 싶었거든. 당첨자 발표가 난 후에 입고 오면 임팩트가 약해지잖아. 그리고 오늘은 학원 가는 날이라 학원 아이들한테도 자랑 좀 하려고."

히데키는 천연덕스럽게 말했다.

"또 선물 이벤트 있으려나. 어차피 뽑히지 않을 것 같아서 지금까지는 응모 안 했는데, 이럴 줄 알았으면 응모해 볼걸 그랬어."

"또 있을 거야. 작년에도 몇 번 했잖아. 다음 달에는 여섯 번째 멤버가 등장하는 모양이니까 어쩌면 관련된 이벤트를 하지 않을까?"

바하무트 말고 여섯 번째 멤버도 나온단 말인가. 스즈키는 그런 말을 하지 않았다. 분명히 조사가 부족했던 탓이리라.

"새로운 캐릭터도 좋지. 이번에는 꼭 응모할 거야. 엽서를 50장 보내야겠다."

도시야가 단단히 결심한 투로 말했다. 도시야라면 보낼지도 모른다. 하지만 엽서 50장이라니, 그렇게 사려면 내 용돈을 다 써도 모자란다.

다음에 이벤트를 하면 스즈키한테 부탁해볼까……. 그러면 한 장만 보내도 뽑힐지 모른다. 문득 그런 생각이 머릿속을 스쳤다. 하지만 너무나 바보 같은 생각이라 그냥 무시하고 머릿속에서 몰아냈다.

한 번 더 스즈키에게 시선을 주자 그는 책이 아닌 이쪽을 가만히 바라보고 있었다. 나와 눈이 마주친 순간 훗, 하고 웃은 것 같았다. 나도 모르게 눈을 돌렸다.

그때 뒤에서 누가 갑자기 오른팔을 꽉 잡았다. 돌아보자 다카시였다. 다카시는 나를 교실 구석으로 데려가서 작은 목소리로 물었다.

"미치루가 안 왔는데, 오늘은 꾀병으로 쉬는 건가?"

덩치가 큰지라 목소리를 작게 낸다고 내도 나름 크다. 교실을 둘러보고 나서야 미치루가 아직 오지 않았다는 것을 알아차렸다. 스페셜 티셔츠에 정신이 팔린 나머지 미치루를 완전히 잊고 있었다. 나도 참.

칠판 위의 시계를 보자 수업 시작종이 울리기까지 1분 남았다. 미치루는 이따금 학교를 쉬긴 하지만 지각은 절대로 하지 않는다. 또한(사토미라면 모를까) 수업이 시작하기 전에 복도를 달려 아슬아슬하게 교실에 뛰어드는 짓은 절대로 하지 않을 아이다. 그러니까 오늘은 쉬는 날이리라.

미치루는 몸 상태가 안 좋다면서 일주일에 한 번이나 두 번 학교를 쉰다. 요컨대 꾀병이다. 가끔은 정말로 몸 상태가 안 좋은 듯하지만. 어쨌든 엄마가 일하러 나가니까 집에는 혼자 있을 것이다. 나는 학교에서 친구들과 떠들며 노는 편이 즐겁지만, 미치루는 그렇지 않은 모양이다. 미치루 엄마는 담임선생님이 아무리 등교시키라고 부탁해도 집에서는 아이 일에 간섭하지 않고, 등교 문제 역시 아이의 의사를 존중한다고 대답했다고 한다. 나는 매일 아침 엄마가 두들겨 깨우는데 말이다. 정말로 부럽다. 어른한테는 유급휴가라는 것이 있지 않은가. 아이한테도 쉬고 싶은 날이 있는 법이다.

그러고 보니 어젯밤에 미치루가 고이치 형한테 하이디의 방울을 잘 전달했다고 전화로 연락했다. 다른 단원들한테도 알린 줄 알았는데 아니었던 듯하다.

"어제 전화를 받았는데 잘 전해줬대. 그렇구나. 오늘 교실에서 말하면 되는데, 일부러 나한테 전화한 걸 보면 어제저녁부터 결석할 마음을 먹었는지도 몰라."

나는 미치루가 왜 전화했는지 비로소 알아차렸다. 모두에게 알려달라고 부탁한 것이다. 어젯밤은 미치루의 전화를 받고 기분이 들뜬 탓에 그런 사실을 알아차릴 여유도 없었다.

"그런가 보네. 뭐, 제대로 잘 전해줬으면 됐어. 오늘 신문에 체포 기사가 안 실려서 어떻게 됐나 싶었지."

"바로 체포하지 않고 감시하지 않을까 싶어. 알리바이라든가 여러모로 조사할 필요가 있을 테니까. 결정적인 증거를 확보하려는 것 아니겠어?"

"그렇겠지. 그딴 자식은 빨리 체포돼야 하는데."

웬일로 다카시는 안절부절못했다. 여느 때라면 할 일은 다 했다면서 의젓하게 기다릴 텐데.

"다카시가 고양이 학살사건의 범인을 그렇게 미워하는지는 몰랐네."

"그것도 그렇지만 범인 체포에 공헌했다고 인정되면 우리 하마다 탐정단의 위대한 한 페이지를 장식할 수 있잖아."

과연 그쪽이 목적이구나.

"하지만 우리를 드러낼 수는 없어. 앞에 나섰다가는 날조했다는 사실이 들통날 거야."

"쉿, 목소리가 커."

다카시가 집게손가락을 세우며 큰 소리로 주의를 주었다.

"공적을 액자에 넣어서 본부 벽에 걸어두기만 하면 아무 문제 없어. 그것만으로도 탐정단은 무게 있어 보일 거야."

조만간 탐정단이 맛볼 눈부신 영광을 머릿속으로 그리는지 다카시는 흐뭇한 표정으로 먼 창밖을 바라보았다.

밖에는 여전히 비가 내렸다. 두툼한 구름이 하늘을 온통 뒤덮었다. 지금의 내 마음을 보여주듯이.

정말로 탐정단에게 영광의 날이 찾아올까.

• ◆ •

결국 그날 히데키는 내게 한마디도 말을 걸지 않았다. 눈조차 맞추려 하지 않았다. 격해진 감정이 식을 시간이 필요한지도 모르겠다. 청소 시간에도 신과 게임할 기분이 아니라서 묵묵히 타일만 닦았다. 스즈키도 별로 이상하게 여기는 기색 없이 조용히 대걸레로 청소만 했다. 돌이켜보니 항상 내가 먼저 말을 걸었지, 스즈키가 말을 건 적은 없었다.

어쩔 수 없이 방과 후에 바로 집으로 와서 기분 전환 삼아 혼자 게임을 하는데, 다카시에게 전화가 왔다. 평소는 집으로 거는데 휴대전화에 걸다니 별일이라고 생각하면서 전화를 받자 "지금 바로 본부로 와" 하고 긴박한 목소리로 말했다.

"모임은 내일 아니었어?"

모임 날은 기본적으로 화요일과 금요일이다. 철칙 중에는 '본부에는 반드시 다섯 명이 모여서 갈 것'이라는 조항이 있다. 비밀을 지키기 위해서도 단독 행동은 용납되지 않는다. 그러므로 모임이 있을 때는 하교하기 전에 미리 출결을 확인한다. 하지만 오늘 임시 모임이 있다는 소리는 못 들었다.

심상치 않은 목소리여서 무슨 큰 사건이라도 벌어졌나 싶어 물어보자, 이런 대답이 돌아왔다.

"그래. 긴급사태가 발생했어."

"긴급사태?"

아키야 가이와 관련된 일일까? 하지만 다카시의 대답은 달랐다.

"히데키가 본부의 위치를 알아냈는지도 몰라."

"설마."

"도시야가 우연히 봤대. 어쨌거나 빨리 와. 본부 앞에서 기다리고 있을게."

전화가 뚝 끊어졌다. 히데키가 본부를 찾아냈다고? 분명 탐정단에 들어오고 싶어하기는 했는데……. 문득 어제 일이 떠올랐다. 내가 가르쳐주지 않은 탓에 안달이 나서 자기 힘으로 찾아내려 한 것 아닐까.

중간 보스와 싸우던 참이라 아쉬웠지만, 게임이나 하고 있을 때가 아니었다. 나는 게임기를 끄고 서둘러 집을 나섰다.

비는 오전에 그쳤지만 길은 아직 마르지 않았다. 질척질척한 비포장길을 빠져나와 본부 앞으로 가자 빨간색과 노란색 티셔츠를 입은 다카시와 도시야가 기다리고 있었다. 이런 상황에도 규칙을 엄수하려는 건지 안에 들어가지 않고 문 옆 바위에 앉아 있었다. 두 사람은 나를 보고 "어서 와" 하며 일어섰다.

"어떻게 된 거야, 도시야?"

반바지를 입은 탓에 잡초에 맺힌 이슬이 다리에 묻었다. 이럴 줄 알았으면 옷장에서 청바지를 꺼내 입고 올걸 그랬다. 약간 불쾌한 기분으로 묻자 다카시가 대답했다.

"도시야가 히데키를 봤어. 현도에서 로스리스버거 네거리로 뛰어 내려가는 히데키의 뒷모습을. 히데키가 그 길에서 내려올 이유가 여기 말고 뭐가 있겠어?"

로스리스버거 네거리에서 현도를 따라 올라가는 길 주변은 대부분 숲이므로, 산을 넘어 이웃 시에 도착할 때까지 딱히 들를 만한 곳이 없다. 가을에 예쁘게 단풍이 들기는 하지만 지금은 단풍철이 아니다. 그저 길을 따라 숲이 펼쳐져 있을 뿐 관광지라고 할 만한 곳도 아니다. 히데키처럼 다른 동네 아이에게는 특별히 올 이유가 없는 길이다. 마귀할멈 집이 목적지였다면 이야기가 다르지만.

"정말로 히데키였어?"

도시야는 의심받는다고 여겼는지 짐짓 안경을 고쳐 쓰면서 대답했다.

"다비레인저의 은색 스페셜 티셔츠가 확실했어. 아침에 자랑해댔잖아. 잘못 볼 리 없지. 게다가 골든이글스 모자도 쓰고 있었고."

확실히 이 부근에서 라쿠텐 골든이글스 야구팀의 팬은 히데키 정도다. 반 아이들도 모두 신기하게 여겼다.

도시야는 히데키를 보자마자 본부로 가서 다카시에게 전화했다고 한다.

"하지만 히데키는 오늘 하마다 배움터에 갔을 거야. 부모님 잔소리가 심하니까 못 빼먹을 거라고."

하마다 배움터란 초등학생과 중학생이 다니는 하마다 정의 학원이다. 히데키랑 다른 학교 학생들이 많이 다니는데, 어찌 된 일인지 정작 하마다 정에 사는 아이들은 거의 다니지 않는다. 동네 자체의 교육열이 낮은 탓이라고도 하고, 학원을 세울 때 일조권 문제로 동네에서 다툼이 일어난 탓이라고도 한다. 어쨌거나 우리로서는 잘된 일이었다.

"여태껏 학원이 시작되기 전까지 본부의 위치를 찾아다

넜는지도 몰라. 그러다 오늘 드디어 찾아낸 걸 수도 있겠지."

다카시는 팔짱을 끼면서 그렇게 추리했다.

"학원이 시작되기 전까지 찾아봤을지도 모르지만, 아직 위치를 들켰다고 할 수는 없어. 찾다가 학원에 늦을까 봐 뛰어서 돌아갔을지도 모르잖아."

하마다 정의 아이들에게는 마귀할멈 집이 유명하지만 다른 동네 아이들은 잘 모를 것이다. 게다가 현도에서 이곳으로 들어오려면 좁고 험한 산길을 빠져나와야 하니까 대강 짐작해서 간단히 찾아올 만한 곳은 아니다.

"아니. 문의 숫자 자물쇠가 풀려 있었어. 화요일에 분명히 내가 마지막으로 나가면서 잠갔는데 말이야. 확실하게 기억해. 그러니까 깜박하고 안 잠갔을 거라는 소리는 하지 마. 게다가……."

다카시는 등 뒤에 놓아둔 남색 가방을 눈앞으로 들어 올렸다. 두꺼운 비닐로 만든 손가방 오른쪽 구석에 히데키의 이름이 매직펜으로 적혀 있었다.

"이게 문 옆에 기대져 있었어. 속에 학원 참고서랑 노트가 있으니까, 히데키가 여기를 찾아낸 게 틀림없다고."

"하지만 히데키는 현도를 뛰어 내려갔잖아. 어째서 가방만 여기 있는 거지? 어쩌면 도시야가 본 다음에 되돌아온 건가?"

"도시야는 히데키를 목격하고 아차 싶어서 바로 여기로 왔어. 자물쇠가 풀린 걸 보고 서둘러 휴대전화로 내게 연락했지. 그러니까 히데키가 돌아올 틈은 없었을 거야. 내가 올 때까지 도시야는 계속 여기서 기다리고 있었어."

"그럼……."

"혹시 마귀할멈이 나타난 건 아닐까. 그래서 거품을 물고 도망친…… 아니, 이건 농담이고, 본부를 찾아내서 들뜬 나머지 깜박 잊고 갔을지도 몰라."

그 가설은 설득력이 부족해 보였다. 아무리 들떴어도 그렇지 학원에 가면서 제일 중요한 가방만 두고 가다니. 하지만 자물쇠가 풀린 데다 가방도 내버려져 있으니 적어도 히데키가 여기를 찾아냈다는 것만은 확실한 듯했다.

"어쩌면 우리가 모르는 지름길이 있어서 도시야보다 먼저 돌아왔는지도 몰라."

"그렇게 가정하면 히데키는 아직 이 집 안에 있다는 소리인데. 그렇다면 가방도 가지고 들어갔겠지. 굳이 비에 젖어 축축한 땅 위에 놔둘 이유가 없잖아. 게다가 이 부근의 샛길을 몇 군데 더 조사해봤지만, 여기까지 오는 다른 길은 없었어. 무엇보다 마쓰시게 정에 사는 히데키가 이 산 지리에 익숙할 리 없지."

"확실히 그럴지도 모르겠네. 그럼 어째서 가방이 여기 있는 거야?"

"글쎄. 그것도 같이 생각해보려고 너희를 부른 거야."

바람이 한바탕 불자 나무들이 버스럭버스럭 소리를 내며 흔들렸다. 흐린 하늘도 한몫 거들어서 전에 없이 불안한 분위기를 자아냈다. 다카시도 신경이 쓰이는지 숲을 힐끔힐끔 살폈다.

그때 미치루와 사토미가 함께 산길에서 나타났다. 미치루는 원래부터, 사토미도 집에 다녀왔는지 빈손이었다.

"미안, 미치루를 데리러 가느라고. 역시 꾀병이었어."

"왠지 학교 갈 마음이 안 들어서. 방울을 건네고는 안심해서 맥이 탁 풀렸는지도 몰라."

미치루는 주눅 든 기색도 없이 말했다. 부러울 만큼 완벽한 자유다. 학교를 빼먹었다는 것보다 이슬에 젖은 흰색 롱스커트 자락에 더 신경 쓰고 있었다.

"이제야 다섯 명이 다 모였네."

애타게 기다렸다는 듯 다카시는 미치루와 사토미에게 사정을 설명했다.

"아아. 결국 들켰구나."

심각한 분위기에도 아랑곳없이 사토미는 별일 아니라는 것처럼 태평하게 소리쳤다.

"뭐야, 사토미? 들킨 게 분하지도 않아? 지난 반년간 우리가 갖은 고생을 다 하면서 새집처럼 만들었는데."

"이르든 늦든 결국은 들킬 줄 알았거든. 마귀할멈 집이 어디 있는지 동네 사람은 보통 다 아니까. 뭐, 분하기는 하지만 히데키를 탐정단에 끼워주면 비밀은 지킬 수 있을 거야. 걔, 엄청 들어오고 싶어했잖아."

"히데키를 가입시키면 하마다 탐정단의 순수한 혈통이……. 뭐, 됐어. 하여튼 그 이야기는 안에 들어가서 하자."

말다툼할 때가 아니라는 걸 깨달았는지 다카시가 앞장서서 현관문을 열었다.

집 안은 인기척 없이 고요했다. 여느 때와 다름없는 마귀할멈 집이었다. 히데키가 돌아왔다는 느낌도 들지 않았다. 어딘가 숨어서 숨을 죽이고 있다면 또 모르지만.

일단 제일 앞쪽의, 평소 우리가 사용하는 본부 장지문을 열고 들여다보았다. 방은 어질러진 낌새 없이 깔끔했다. 휙 둘러보니 도둑맞은 물건도 없는 듯했다.

"요전이랑 달라진 곳이 있는 것 같아?"

만일을 위해서인지 다카시가 물었지만 모두 고개를 저었다.

"찾아내기만 하고 안에는 안 들어간 거 아니야?"

신발을 벗고 본부로 들어가자 사토미는 가죽을 씌운 의자에 털썩 앉았다. 걱정이 너무 심하다고 타이르듯 편안한 자세였다. 사토미는 이런 면에서는 참 대범하다.

"설령 들어왔더라도 단원이 되고 싶어하는 히데키가 뭔가 훔치거나 부수지는 않았을 텐데."

"히데키 혼자라면 괜찮지만, 마쓰시게 정에는 스노우치 같은 녀석도 있으니까."

다카시는 인상을 찡그리며 걱정스럽게 중얼거렸다. 스노우치는 히데키네 동네인 마쓰시게 정에 사는 5학년이다. 우리에게 자극받아 히데키와 함께 마쓰시게 탐정단을 만들려고 했지만, 아무도 모이지 않아서 포기한 적이 있다. 자기들끼리 탐정단을 꾸리지 못하자 이번에는 탐정단에 넣어달라며 끈질기게 다그쳤다. 마치 자신이야말로 리더에 어울린다는 투로. 물론 다카시는 딱 잘라 거절했다. 싸우더라도 분명 다카시가 이기겠지만, 일단은 상급생이다. 단원이 되면 나름대로 대접해줘야 할 것이다. 게다가 몸이 약한 아이들을 괴롭히는 악랄한 녀석이라는 소문이

도는 등(이게 다카시가 가장 싫어하는 부분이기도 했다), 절대로 단원으로 맞이하고 싶지 않은 타입이었다.

"그러게. 스노우치는 싫은데. 별 볼 일 없는 주제에 나이가 많다는 이유로 엄청 거들먹거리잖아."

이번에는 사토미도 동의했다. 사토미에게는 본부 위치가 들켰느냐 안 들켰느냐보다 스노우치가 훨씬 큰 문제인 듯했다. 어떤 기분일지 이해가 가고도 남았다.

"히데키도 그 정도는 알 거야."

둘도 없는 친구로서 나는 히데키를 옹호했다. 같은 동네에 사는 상급생이라 어쩔 수 없이 따를 뿐, 히데키도 스노우치를 싫어했다. 하기야 스노우치를 좋아하는 녀석은 없다.

"혹시." 도시야가 말을 꺼냈다. "여기에 누가 먼저 와 있어서 히데키는 가방도 못 챙기고 허둥지둥 도망친 거 아닐까?"

"과연. 그 녀석이 스노우치일지도 모른다는 거로군."

입을 꾹 다문 다카시가 안쪽 방에 시선을 주더니, 방 사이를 막은 장지문으로 성큼성큼 다가가서 힘차게 열어젖혔다.

평소 안쪽 방은 문을 꼭 닫아놓고 사용하지 않는다. 그래서 먼지가 아주 많았다. 장지문을 연 순간, 부연 가루가 이쪽까지 날아들었다. 창문을 막아놔서 어둡기는 했지만, 사람이 없다는 것 정도는 알 수 있었다. 잡동사니를 닥치는 대로 쌓아둔 탓에 숨을 곳은 얼마든지 있겠지만.

"어이, 누구 있어? 이제 와서 숨어봤자 소용없어."

다카시가 오른손으로 먼지를 털면서 큰 소리로 말했다. 하지만 아무 변화도 없었다. 옆방은 여전히 잠잠했다.

"분명 아무도 없을 거야. 도시야가 집 앞에서 계속 감시하고 있었잖아. 누가 있었다면 도시야 혼자 지키고 있을 때 무슨 수를 써서라도 도망쳤겠지. 모두 모이고 나면 그만큼 힘들어지니까. 이렇게 됐으니 일단 일이 어떻게 돌아가는지 지켜봐야 할 것 같은데?"

미치루가 기다란 소파에 몸을 묻으면서 될 대로 되라는 듯 말했다. 산길을 걸어와서 피곤한 건지, 치맛자락이 젖어서 신경이 쓰이는 건지 척 보기에도 의욕이 없었다. 하이디 사건 때는 미치루도 적극적이었지만, 평소에는 시큰둥한 태도로 탐정단 활동에 임한다. 애당초 사토미가 여자 혼자는 싫다면서 억지로 가입시켰다. 내게는 행운이었지만, 미치루가 들어오지 않았다면 사토미도 가입하지 않았을 테니 다카시도 원래 성격답지 않게 미치루를 관대하게 봐주는 듯했다.

"뭐야 하나같이 태도가 왜 그래? 탐정단의 존망이 걸린 문제가 발생했는데 의욕이 너무 없잖아."

다카시는 쳇, 하고 혀를 차더니 몸을 움츠리며 "알았어. 전부 리더인 내가 하면 되잖아" 하고 혼자 뒤뜰로 향했다.

"탐정단을 사랑하는 마음은 알겠지만, 어깨에 힘이 너무 들어갔어. 여자친구라도 만드는 편이 낫지 않을까. 아, 그러면 이번에는 여자친구가 힘들겠구나."

다카시가 사라졌을 즈음에 사토미가 의자에 앉은 채로 깔깔 웃었다. 다카시가 들었다면 일주일은 몸져누웠을 말이었다. 만약 뒤쪽까지 들렸으면 어쩌나 싶어 약간 조마조마했다. 사토미는 털털한 성격이라 다카시의 마음도 모르는 듯했다.

"그렇겠지. 저렇게 기운이 남아도니 누가 여자친구가 될지는 몰라도 참 큰일이야."

놀랍게도 도시야가 따라서 웃었다. 어쩐지 도시야도 모르는 눈치였다. 혹시 나만 알아차린 건가? 하지만 히데키도 알아차린 것 같던데. 이 두 사람이 특별히 둔한 걸까.

그때 다카시가 "애들아!" 하고 소리를 지르면서 돌아왔다. 설마 사토미 목소리가 들렸나? 그럼 큰일인데.

하지만 쓸데없는 걱정이었던 듯했다. 다카시는 눈을 동그랗게 뜨고 우리에게 말했다.

"뒷문에 걸쇠가 걸려 있어."

"걸쇠는 항상 걸려 있잖아. 뭘 그렇게 큰 소리를 지르고 그래."

"아니야."

조바심이 나는지 다카시는 어깨와 머리를 마구 떨면서 말했다.

"안쪽이 아니라 바깥쪽에 걸려 있으니까 그러지. 아, 진짜. 여기서 이럴 게 아니라 잠깐 뒷문으로 와봐."

다카시는 봉당에 선 채로 바쁘게 손짓했다. 할 수 없이 뒷문으로 가자 다카시가 보라는 듯 문을 밀었다. 금속이 둔하게 삐걱대는 소리만 날 뿐 바깥쪽으로 열리는 문은 꿈쩍도 하지 않았다.

마귀할멈 집에는 시멘트를 바른 통로가 현관 봉당부터 방 세 개 옆을 지나서 뒤뜰까지 일직선으로 뻗어 있다. 뒤뜰로 이어지는 통로 끝부분의 낡은 나무문에는 자물쇠 대신 안팎에 모두 걸쇠가 달려 있다. 걸쇠는 안쪽과 바깥쪽 어디서든 걸 수 있지만, 서로 분리된 형태라 반대편에서는 벗길 수 없다. 즉, 안쪽에서 걸면 안쪽에서만, 바깥쪽에서 걸면 바깥쪽에서만 벗길 수 있다. 예전에 뒤뜰에 나갔다가 아이들이 장난으로 안쪽에서 걸쇠를 거는 바람에 한참을 낑낑댄 적이 있다.

게다가 얇은 함석 담장이 둘러쳐져 있어 바깥에서는 뒤뜰로 출입할 수 없다. 즉, 바깥쪽 걸쇠가 걸려 있다는 건 지금 뒤뜰에 누가 있다는 뜻이다.

솔직히 지금까지는 다카시의 지나친 걱정일 뿐 본부에 숨은 사람은 없을 거라고 대수롭지 않게 여겼다. 하지만 이런 상황이라면 생각을 바꿔야 할지도 모르겠다.

"그럼 뒤뜰에 누가 있단 말이야? 우리가 온 걸 알고 당황해서 뒤뜰로 나가서 걸쇠를 건 걸까? 걸쇠가 저절로 걸리지는 않지?"

미심쩍다는 듯 사토미가 묻자 다카시는 그럴 리 없다며 고개를 저었다.

"게다가 안쪽 걸쇠는 벗겨져 있잖아. 화요일에 걸려 있는 걸 똑똑히 봤으니까 누가 벗기고 나간 거야. 그리고 뒤뜰에서 바깥쪽 걸쇠를 걸었어."

말을 마치자마자 다카시는 몸을 문에 쾅쾅 부딪쳤다. 하지만 낡은 합판 문이 보기보다 튼튼한지 경첩이 비명을 지르기는 했지만 열릴 낌새는 없었다.

"야! 너 스노우치지? 적당히 포기하고 나와라. 숨어서 뭐 어쩌자는 거야? 얌전하게 나와서 대화로 풀자."

기다리다 지쳤는지 다카시가 문 너머에 대고 크게 외쳤다. 하지만 쥐 죽은 듯 조용할 뿐 대답은 돌아오지 않았다.

"야! 적당히 좀 하라니까."

다카시가 목에 핏대를 세우며 다시 고함을 질렀다. 그러나 결과는 똑같았다. 아무런 반응이 없었다.

"저기, 만약 뒤뜰에 있는 사람이 스노우치가 아니면 어쩌지?"

잠자코 상황을 지켜보던 도시야가 기어드는 목소리로 불쑥 그렇게 말했다.

"무슨 소리야?"

"갑자기 이런 생각이 나서. 히데키는 들떠서가 아니라 너무 무서워서 가방을 놓고 간 것 아닐까. 그렇다면 쏜살같이 달려갈 만도 하잖아."

"무서워서 그랬다고? 설마 마귀할멈이라도 봤다고 하려는 건 아니겠지. 아까 한 말은 농담이었어."

"그게 아니라……." 도시야는 섬뜩할 만큼 진지한 표정으로 말을 이었다 "아키야 가이가 아닐까 싶어서."

"아키야 가이? 고양이 학살사건의 범인인 대학생 말이

야? 어째서 그 녀석이 여기 있다는 건데?"

다카시는 전혀 이해가 안 된다는 얼굴로 도시야를 노려보았다. 도시야는 기죽지 않고 대답했다.

"그 녀석은 아직 체포되지 않았을 거야. 어쩌면 우리들이 일러바친 걸 알고 복수하러 왔을지도 몰라. 우리 본부를 찾아내고 숨어서 기다리고 있었을지도 모른다고. 원래 오늘은 모임 날이 아니라 허탕 칠 판이었지만, 본부를 찾던 히데키와 우연히 딱 마주쳤다면?"

"설마. 그런 일이……."

사토미가 약간 굳은 표정으로 말끝을 흐렸다. 입가에 손을 대고 더 말하기를 망설이는 것 같았다. 말도 안 되는 생각이지만 완전히 부정할 수는 없었다. 고양이를 죽이고 돌아다닐 만큼 흉악한 남자다. 우리에게 복수하려고 본부를 집요하게 찾아다녔다고 해도 이상할 것 하나 없다.

한순간 커다란 칼을 쥔 아키야의 모습과 부스스한 긴 머리카락 밑에서 여우처럼 날카롭게 번쩍이는 눈이 머릿속을 스치고 지나갔다. 그 녀석이라면 고양이뿐만 아니라 우리도 죽일지 모른다. 아빠도 말했지 않은가. 피에 굶주려 약한 자를 못살게 구는 놈이라고.

"이 안에 아키야 가이가 있다고?"

조금 늦게 온 미치루가 새파랗게 질린 얼굴로 가냘픈 몸을 떨었다. 아키야를 곤경에 몰아넣은 물적 증거는 하이디의 방울이다. 그리고 하이디는 미치루가 귀여워하던 고양이다. 불같이 화난 아키야는 미치루를 제일 먼저 노릴 가능성이 높았다.

"바보 같이, 무슨 헛소리야."

지금까지 나온 이야기를 전부 부정하듯 다카시가 한층 크게 소리쳤다. 진동이 전해져 본부와 옆방을 막아놓은 장지문이 바르르 떨렸다.

"그럴 리 없잖아. 그 녀석이 본부가 어디 있는지 어떻게 알아. 게다가 생각해봐. 만약 정말로 위험한 녀석이 여기 있고 히데키가 그 녀석을 목격했다면, 경찰이나 선생님한테 알려서 지금쯤은 누가 여기로 달려왔을 거라고."

"충격이 너무 심해서 집에서 이불을 뒤집어쓰고 벌벌 떨고 있을지도 몰라."

도시야가 바로 반박했다. 도시야는 부정적인 방향으로는 얼마든지 상상의 나래를 펼칠 수 있는 모양이다.

"그건 아니야. 히데키네 집은 치과라서 부모님이 집에 있다고. 이불을 뒤집어쓸 틈이 있으면 학원을 왜 빼먹었느냐고 혼나고 있겠지. 그리고."

다카시는 오른 주먹을 불끈 쥐었다.

"여차하면 내가 어떻게든 할게. 그러니까 요시오, 멍하니 있지 말고 너도 좀 도와."

그리고 잡념을 떨쳐내듯이 다시 어깨를 나무문에 부딪치기 시작했다. 하지만 비쩍 말랐다고 해도 상대는 어른이다. 게다가 칼을 가지고 있다면 과연 다카시 혼자 힘으로 맞설 수 있을까…….

불안한 마음에 이러지도 저러지도 못하고 엉거주춤 서 있는데, 문득 스즈키의 말이 머릿속에 되살아났다.

'넌 서른여섯 살까지 살 거야.'

그렇다면 무슨 일이 일어나도 오늘은 죽지 않는다는 소리다.

고양이 학살사건의 범인을 맞히기는 했어도 스즈키의 말을 곧이곧대로 믿자니 기분이 찜찜했지만, 신기하게도 조금 기운이 났다. 나는 다카시 옆에서 타이밍을 맞춰 쿵, 하고 몸을 문에 부딪쳤다.

대여섯 번 정도 부딪쳤을 때 핑, 하고 못 뽑히는 소리와 함께 느닷없이 문이 바깥쪽으로 열렸다. 걸쇠가 튕겨 나간 것이다. 그 바람에 나와 다카시는 푹 고꾸라지듯이 뒤뜰로 처박혔다.

"아야."

마지막 순간에 손을 짚어서 볼썽사납게 나뒹구는 꼴은 면했지만, 대신 손바닥이 심하게 쓸렸다. 몸으로 부딪친 탓에 오른쪽 어깨에도 둔한 통증이 밀려왔다. 엉망진창이다.

다카시는 어떤가 싶어 살펴보자 역시 자칭 운동 만능답게 바로 몸을 일으켜 뒤뜰을 둘러보고 있었다.

뒤뜰은 조용했다. 저녁놀로 붉게 물든 주변에서 인기척은 전혀 느껴지지 않았다. 튕겨 나간 걸쇠가 발치에 아무렇게나 떨어져 있을 뿐.

"뭐야, 아무도 없잖아."

방금까지 아주 긴박한 분위기였던 탓인지 다카시는 맥이 탁 풀린 듯했다.

테니스 코트의 절반 크기도 안 되는 뒤뜰은 3면이 담으로 둘러싸여 있다. 함석 담장은 우리 키보다 훨씬 컸다. 흙이 그대로 드러난 땅은 기다란 잡초로 뒤덮여 있었다. 초봄에 깎았는데 석 달 사이 제멋대로 자라난 모양이다. 오른쪽 구석에는 지름이 40센티미터쯤 되는 나무 그루터기가 있었다. 예전에는 가지와 잎이 무성했겠지만, 우리가 발견했을 때는 이미 지금 같은 모습이었고 나이테도 짙은 갈색이었다. 왼쪽 구석에는 몇 명만 올라타면 무너질 만큼 작은 광이, 뜰 한가운데에는 돌에 이끼가 낀 낡은 우물이 있었다. 그 옆에는 썩어서 뚝 부러진 빨래 건조용 장대. 좁은 뒤뜰에서 눈에 들어오는 것이라고는 겨우 그 정도였다.

"얘들아."

다카시가 오래된 우물을 가리켰다.

"덮개가 벗겨져 있어."

오래된 우물에는 커다란 대야 같은 널빤지 덮개가 차통 뚜껑처럼 덮여 있고 그 위에 누름돌이 놓여 있어야 할 터였다. 혹시라도 빠지면 위험하니까 맨 처음 우물을 들여다본 후로는 아무도 손대지 않았다. 하지만 지금은 덮개가 우물 옆에 엎어져 있었다. 누름돌은 덮개 곁에 아무렇게나 널브러져 있었다.

돌의 무게와 덮개의 형태로 보건대 바람을 맞고 떨어지지는 않은 듯했다. 누가 돌을 치우고 덮개를 벗긴 것이다. 도대체 누가?

반년 전에 보았을 때, 혹시나 누가 빠질까 봐 그랬는지 우물 속은 대부분 돌로 메워져 있었다. 물은 마르지 않았지만 깊이로 치면 2미터도 안 됐을 것이다. 몸이 젖는 것만 감수한다면 어른이 숨을 수 있을지 모른다.

"야. 우물에 숨어 있으면 포기하고 빨리 나와. 이쪽은 다섯 명이나 되니까 저항해도 소용없어."

다카시가 소리를 질렀지만 지금까지와 마찬가지로 아무 반응도 없었다. 담 밖의 나무들이 바스락바스락 수런대는 소리만 들려왔다. 다카시는 결심한 듯 신중한 발걸음으로 잡초를 짓밟으며 우물로 다가갔다. 그리고 경계심을 풀지 않고 우물 속을 들여다보았다.

다음 순간, 다카시의 표정이 얼어붙었다. 표정뿐만 아니라 몸 전체가 얼어붙은 듯 딱 멈춰버렸다.

"다카시, 왜 그래?"

나무문 옆에서 말을 걸었지만 대답은 없었다. 다카시는 시선을 우물 속에 고정한 채 그저 뻣뻣하게 서 있을 뿐이었다. 10초, 20초. 옴짝달싹도 하지 않았다.

도대체 다카시는 우물 속에서 뭘 발견한 걸까?

나는 조심조심 다가가 다카시 옆에서 우물 속을 들여다보았다. 눅눅한 냄새가 코를 확 찔렀다.

안에 뭔가가 있었다.

처음에는 석양 때문에 똑똑히 보이지 않았다. 하지만 점점 눈이 익숙해지자 뭐가 있는지 보였다.

사람 머리였다.

역시 누가 숨어 있었던 것이다. 하지만 그 녀석은 전혀 움직이지 않았다. 수초로 가득한 1미터 아래 수면에서 얼굴만 내밀고 이쪽을 가만히 올려다보고 있었다. 크기로 보건대 어른이 아니라 아이 같았다. 역시 스노우치일까?

답답한 마음에 연못 가장자리에 손을 짚고 몸을 내밀자 얼굴이 또렷하게 보였다.

커다란 눈을 부릅뜬 채 입을 반쯤 벌려 뻐드렁니를 드러내고 조용히 위를 쳐다보는 창백한 얼굴. 본 적 있는, 아니 매일 맞닥뜨리는 친근한 얼굴……. 그건 히데키의 얼굴이었다.

"히데키!"

나도 모르게 소리쳤다. 하지만 히데키는 아무 반응도 보이지 않았다. 얼굴에는 이미 생기가 없고 눈은 까뒤집어져서 흰자위만 보였다. 코피도 조금 흘렸다.

"히데키!"

바싹 말라붙은 목으로 나는 다시 외쳤다.

"히데키야? 히데키가 있어?"

발소리와 함께 문가에 있던 아이들이 달려왔다.

"꺅!"

다음 순간 등 뒤에서 미치루의 찢어지는 듯한 비명이 들렸다. 돌아보자 미치루는 새파랗게 질린 얼굴로 자기 몸을 꼭 끌어안고 있었다. 마치 마음속에서 배어나는 한겨울 추위에 얼어붙은 것처럼 바들바들 떨다가 "죽었어. 죽었어"라고 소리를 지르며 한두 걸음 뒤로 물러섰다.

그렇다. 히데키는 죽었다.

거짓말이나 농담이 아니다. 정말로 죽었다.

"아키야 가이한테 살해당한 거야. 분명 우리도 죽일 거야!"

미치루는 붉어진 허공을 올려다보며 온 힘을 다해 악을 썼다. 하지만 그 목소리는 저녁놀이 진 하늘로 빨려들 뿐이었다. 이윽고 미치루는 더 못 견디겠다는 듯 몸을 돌리더니 "살려줘!" 하고 외치면서 집 안으로 뛰어들었다.

"으아아!" 다리를 떨면서도 용케 버티던 도시야가 그 뒤를 따랐다.

"잠깐 기다려. 미치루."

사토미도 반쯤 울상으로 뒤쫓으려 했다.

"야! 잠깐만 있어봐."

불러 세우는 다카시의 목소리도 괴상하게 떨리고 있다. 여전히 얼어붙은 표정이었다. 아무리 다카시라도 시체는, 그것도 친구의 시체는 처음 봤으리라. 물론 나도 마찬가지였다.

"다카시. 여기 있으면 위험해."

그런 말을 꺼내자마자 공포가 밀려왔다. 범인은 아직 근처에 있을지도 모른다. 이번에는 내 차례일까?

그때 산새 무리가 근처 숲에서 일제히 날아올랐다. 온 하늘이 날갯짓하는 소리로 가득 찼다. 마치 이 뜰을 노리고 덮쳐오는 것처럼.

거기까지가 한계였다.

우리는 쏜살같이 뒤뜰을, 그리고 마귀할멈 집을 뛰쳐나갔다.

죽음

"어떻게 하지······."

"······히데키였지?"

"죽었어······."

"이거 진짜지······."

"역시 아키야가······."

마귀할멈 집을 뛰쳐나와 공터 가장자리까지 단숨에 달려간 후, 우리는 한데 모여 서로의 얼굴을 보았다. 다들 부들부들 떨리는 다리로 서서 어깻숨을 헉헉 내쉬었다. 티셔츠는 땀으로 흠뻑 젖었다.

히데키는 지금도 차가운 우물 바닥에 가라앉아 있다. 뒤뜰에서 홀로 차갑게 식어버렸다. 하다못해 몸이라도 저기서 끌어올려주고 싶은데. ……하지만 할 수 없었다. 무서워서 몸이 움직이지 않았다. 뒤뜰로 다시 돌아가다니, 절대로 싫었다.

마귀할멈 집을 보자 지금까지는 그저 낡게만 보이던 거무튀튀한 외관이, 석양의 역광 속에서 정말로 사람의 피를 빨아들인 것처럼 무시무시한 검붉은 색으로 빛나고 있었다.

여름인데도 으스스 차가운 바람이 휭, 하는 소리를 내며 공터를 휘저었다. 마귀할멈 집 쪽에서 불어온 바람이다. 마치 마귀할멈 집 자체가 바람을 만들어내는 것만 같았다. 몸에서 솟은 땀이 순식간에 얼음처럼 싸늘해졌다. 저 집에는 지금 분명 제물이 바쳐졌다. 이제 우리의 비밀 본부가 아니라 진짜 마귀할멈의 집이다.

"경찰에 신고하자. 이제 우리 힘으로는 어쩔 도리가 없어."

5분 정도 지났을까. 무릎에 손을 짚고 숨을 고르던 다카시가 결심한 듯 말했다. 시선은 여전히 마귀할멈 집 입구에 못 박혀 있었다. 마치 뱀에게 홀린 개구리처럼 눈을 돌리지 않고 가만히 있었다.

"야단맞겠네……."

버팀목을 잃어버린 것처럼 도시야가 땅바닥에 털썩 주저앉았다.

"지금 그런 소리가 나와? 히데키가 죽었단 말이야."

"나도 알아. 괜히 나한테 화풀이할 것 없잖아."

도시야는 당장에라도 울음을 터뜨릴 것처럼 한심한 얼굴로 항의했다.

"화풀이하는 게 아니야. 제일 불쌍한 건 히데키잖아. 히데키에 비하면 우리가 야단맞는 건 아무 일도 아니라고."

역시 리더다웠다. 다카시는 단단히 각오한 듯 등을 쭉 펴더니 호주머니에서 자기 휴대전화를 꺼냈다.

"잠깐만. 요시오 아빠는 분명 형사셨지? 먼저 아빠한테 이야기해보는 편이……."

다카시가 번호를 누르려 했을 때, 미치루가 가느다란 목소리로 제안했다. 미치루는 새파랗게 질린 얼굴로 당장에라도 쓰러질 것처럼 상수리나무에 몸을 기대고 있었다. 얼마나 충격을 받았는지 도저히 혼자 서 있을 기력이 없는 것 같았다.

손을 멈춘 다카시가 왜냐고 묻듯 미치루에게 시선을 주었다.

"잘 모르는 형사님이 이것저것 묻는 것보다는 이야기하

기 편할 것 같아서."

"그게 좋을지도 모르겠다. 요시오 아빠라면 나도 아니까."

사토미가 바로 찬성했다. 목소리는 평소대로 돌아왔지만, 표정은 여전히 딱딱했다. 자랑거리인 구불구불한 갈색 머리도 부스스하게 흐트러졌다.

"아빠한테?"

엉겁결에 나는 소리를 질렀다.

분명 야단맞을 텐데. 하지만 이르고 늦고의 차이일 뿐 어차피 야단은 맞는다. 미치루 말대로 생판 모르는 경찰관이나 형사가 꼬치꼬치 캐물을 걸 생각하니 차라리 아빠가 나을지도 모르겠다 싶었다.

"알았어. 나도 그게 좋을 것 같으니까 걸어볼게."

나는 휴대전화를 꺼내 아빠 휴대전화에 전화를 걸었다. 잠시 후 연결되자, 아빠가 의아하다는 듯한 목소리로 무슨 일이냐고 물었다.

일하는 시간에 아빠한테 전화한 건 처음이었다. 묘하게 긴장돼서 어떻게 말을 꺼낼지 망설였지만, 결국 단도직입적으로 사정을 설명하기로 했다.

아빠는 잠자코 내 이야기가 끝나기를 기다렸다가, "요시오, 잘못 본 건 아니지?" 하고 약간 딱딱한 목소리로 물었다.

"절대로 아니야. 나 말고 다른 애들도 봤는걸."

"그렇구나……. 그런데 지금은 어디에 있니?"

"마귀할멈 집 앞 공터에."

그러자 아빠는 뜻밖의 질문을 했다.

"요시오, 히데키는 정말로 죽었니? 어쩌면 그냥 정신을 잃은 걸지도 몰라. 제대로 확인했어?"

"아니." 보이지도 않을 테지만 난 고개를 저었다. "무서워서 다 함께 도망쳤거든. 그래서 확실하게는 몰라."

"그럼 다시 확인해보렴. 만약 히데키가 아직 살아 있다면 서둘러야 해."

"하지만……."

아빠가 무슨 말을 하고 싶은지는 잘 안다. 까딱 잘못하면 살릴 수도 있는 히데키의 목숨을 그냥 내버리는 꼴이 된다. 하지만 마귀할멈 집에 돌아가라니…….

내가 우물쭈물하자 아빠가 야단쳤다.

"요시오. 넌 사나이잖아!"

옛날에 공터에서 야구하다가 옆집 창문을 깨고 그대로 도망친 적이 있다. 밤에 아빠한테 들켜서 사나이라면 솔직하게 사과하고 오라고 크게 야단맞았다. 그때와 똑같은 목소리였다.

"무섭다고 위기에 처한 친구를 버릴 거야?"

물론 히데키를 버릴 생각은 없었다. 히데키는 '맹세'를 맺은 가장 소중한 친구니까.

"알았어, 아빠. 히데키는 가장 소중한 친구야. 확인해볼게."

"그래, 장하다." 아까와는 달리 다정한 목소리였다. "확인하면 다시 전화하렴. 아빠도 지금 바로 출발할 테니까."

"빨리 와야 해. 최대한 빨리."

나는 전화를 끊고 다카시에게 사정을 설명했다. 내 말을 들은 다카시는 팔짱을 낀 채 그렇단 말이지, 하고 고개를 깊이 끄덕였다.

"그럼 같이 확인하러 갈까. 너희들은 여기서 기다려."

"싫어." 미치루가 떨리는 목소리로 바로 반대했다. "우리 셋만 남으라니. 아직 살인자가 주변을 어슬렁거리고 있을지도 모르잖아. 갈 거면 다 같이 가자."

미치루는 상수리나무에서 손을 떼고 두세 걸음 비틀비틀 걸어왔다. 여기 올 때 그렇게 신경 쓰던 흰색 스커트는 어느새 새카맣게 더러워졌다.

"나도 찬성. 그러는 편이 분명 안전할 거야. 그리고 하마다 탐정단은 항상 함께 행동하는 게 규칙이잖아."

바람에 나부끼는 머리카락을 신경질적으로 매만지며 사토미가 딱 잘라 말했다. 도시야도 빨개진 눈으로 응응, 하고 몇 번이나 고개를 끄덕였다.

"그렇지. 그럼 같이 가자. 이번에야말로 하마다 탐정단의 용기를 시험해볼 때야."

다카시가 도시야의 손을 잡고 일으켜 세웠고, 사토미는 미치루를 부축했다. 우리는 한 덩어리가 되어 마귀할멈 집으로 되돌아갔다.

솔직히 말해 히데키는 이미 늦었을 것이다. 하지만 어쩌면 숨이 약간 붙어 있을지도 모른다. 심장이 뛰고 있을지도 모른다. 구할 가능성이 1퍼센트라도 있을지 모른다. 그렇다면 포기하지 말고 구해야 한다. 히데키가 우리 대신 희생됐다면 더욱더 그렇다. 탐정단원으로서, 소중한 친구로서, 할 수 있는 일은 다 해야 한다.

마귀할멈 집으로 다가가자 활짝 열어놓은 현관문이 바람에 흔들흔들 흔들리고 있었다. 그럴 때마다 끽, 끽, 하고 마귀할멈이 입속으로 웃는 듯한 소리가 울려 퍼졌다. 다카시는 굵은 팔로 문짝을 붙잡아 소리를 멈추더니 "모두 함께 출동!" 하고 결의에 찬 고함을 질렀다.

해가 지기 시작한 탓에 실내는 어둑어둑했고, 방금까지 앉아서 편안히 쉬었던 소파와 의자도 다른 사람 물건처럼 서늘하고 둔중한 기운에 감싸여 있었다. 오늘 처음 와본 곳 같았다.

여기는 더 이상 우리에게 휴식을 제공하는 공간이 아니다. 그런 생각이 다시금 머릿속을 파고들었다.

장지문 뒤편에서 마귀할멈이 송곳니를 드러내고 있을 것만 같은 안쪽 방 옆을 숨죽인 채 살금살금 지나 뒤뜰로 나갔다. 진한 녹색 잡초로 뒤덮인 뒤뜰 한가운데, 이끼 낀 우물이 새카만 입을 벌리고 있었다. 비가 그쳐 습기를 머금은 공기는 몹시 축축했다.

아까랑 똑같은 광경인데도 어쩐지 살풍경하게 느껴졌다.

일단 다카시가 우물로 다가갔다. 이어서 나. 도시야와 사토미는 조금 뒤에 멈춰 서서 상황을 살폈다. 제일 뒤쪽의 미치루는 등 뒤가 신경 쓰이는지 나무문을 쾅, 닫고 문짝에 몸을 기댔다. 어쩌면 아직 주변을 돌아다니고 있을 살인자를 막으려는지도 모른다.

가장자리에 손을 대고 우물을 들여다보자, 얼굴이 새하얘진 히데키는 아직 거기에 있었다. 눈을 부릅뜨고 입을 살짝 벌린 채. 완전히 똑같았다.

"요시오, 내 다리 좀 잡아줘."

내게 그렇게 부탁한 후, 다카시는 우물 속으로 몸을 내밀고 손을 쭉 뻗어 물속에 잠긴 히데키의 손목을 붙잡았다. 엄지손가락을 대고 맥박을 확인했다.

10초 후.

"……역시 틀렸어."

다시금 부정할 수 없는 현실과 맞닥뜨린 다카시는 몸을 일으키고 굳은 얼굴로 고개를 저었다.

"죽었어?"

훌쩍거리는 소리가 났다. 돌아보자 미치루가 문 앞에 쪼그려 앉아 울고 있었다. 지금까지 꾹 참고 있었으리라. 미치루는 하얀 손으로 눈가를 문지르면서 소리 내어 울었다. 항상 "여자라고 쉽게 울면 못써" 하고 큰소리치던 사토미도 분위기에 휩쓸린 듯 고개를 숙인 채 어깨를 떨었다. 까만 옷을 입어서 그런지 조그맣게 몸을 웅크린 그 모습을 보자 2년 전에 할아버지 장례식에서 상복 차림으로 울던 엄마가 떠올랐다.

"돌아갈까……."

다카시는 젖은 오른손을 바지에 닦고 무거운 발걸음으로 우물에서 멀어졌.

"히데키는 안 꺼내줘?"

도시야가 머뭇머뭇 물었다.

"불쌍하지만, 우리 힘으로는 무리야. 그리고 수사를 위해서는 히데키를 이대로 놓아두는 편이 나아. 그렇지, 요시오?"

사건 현장은 보존해야 하는 법이라고 아빠가 그랬다. 나는 건성으로 대답한 후에 미치루 곁으로 다가갔다.

"미치루, 일어설 수 있겠어?"

"응."

미치루는 울어서 빨갛게 부은 눈으로 나를 쳐다보았다. 예쁜 얼굴이 엉망이었다.

"히데키, 진짜로 죽었어?"

"응. 그런 것 같아."

나는 시선을 약간 돌리며 대답한 후 미치루의 손을 잡고 일으켜 세웠다.

"걸을 수 있겠어?"

"응."

미치루의 손은 몹시 차가웠다. 하지만 물속에 잠긴 히데키의 손은 더 차가울 것이다.

정신을 차려보니 내 두 눈에서도 뜨거운 것이 떨어지고

있었다.

히데키…….

마귀할범 집에서 터벅터벅 걸어 나와 공터로 되돌아갔다. 더 이상 무섭지는 않았다. 그저 슬픔만이 온몸을 감쌌다. 나는 상수리나무가 있는 곳에서 다시 아빠에게 전화를 걸어 히데키가 죽은 걸 확인했다고 알렸다.

"요시오, 힘든 일을 시켜서 미안하구나."

아빠의 위로에 나는 휴대전화를 꽉 움켜쥐었다.

"괜찮아. 만약 히데키가 살아 있었다면 나중에 더 후회할 테니까."

"장하다. 그래야 내 아들이지. 지금 현도에 차를 세웠어. 2, 3분만 더 기다리렴."

"아빠, 빨리 와. 다들 무서워해, 더는 못 버틸 거야."

"그래, 알았어. 조금만 더 참아."

그리고 전화가 끊어졌다.

숲속에서 아빠 모습이 나타나기까지 채 3분도 걸리지 않았으리라. 하지만 그 3분은 너무나 길었다. 이대로 날이 저물어 밤이 몰고 온 어둠에 짓눌리지는 않을까 싶을 만큼 길었다. 그동안 아무도 말이 없었다.

아빠를 보고 나도 모르게 아빠 품으로 뛰어들 뻔했다. 하지만 여기서는 참아야 한다. 괴로운 건 모두 마찬가지다. 나 혼자만 특권을 행사해 어리광을 피울 수는 없다.

"괜찮니?"

달려온 아빠가 커다랗고 억센 손으로 다정하게 머리를 쓰다듬어주었다. 평소와 똑같은 식이었지만 오늘은 아프지 않았다.

시선이 느껴져서 쳐다보자 도시야가 부러운 듯 나를 바라보고 있었다. 나는 당황해서 아빠 손에서 벗어났다.

"사나이인데. 좀 울었지만 괜찮아."

"그래, 잘했다."

아빠는 표정을 살짝 누그러뜨리며 다시 칭찬해주었다.

"그런데, 우물은 어디 있지?"

"저 집 안에 있어. 안내할게."

아빠와 함께라면 다시 들어가도 무섭지 않다. 모두 같은 생각이었던 모양이다. 우리는 한 번 더 마귀할멈 집으로 향했다.

"용케 이렇게까지 새로 단장했구나. 전부 너희끼리 했을 텐데."

아빠는 우리 본부를 보고 좀 놀란 것 같았다. 하지만 바로 얼굴 표정이 굳더니 하얀 장갑을 끼고 어두운 통로를 걸어갔다.

뒤뜰로 나가서 "저 우물이야" 하고 가리켰다. 아빠는 얼른 우물로 달려갔다.

아빠는 겉옷을 벗고 몸을 내밀어 히데키의 머리를 조사했다.

"뒤통수를 얻어맞은 모양이군. 다른 상처는 없는 듯하니 일단 히데키를 끌어올리자. 다카시, 요시오랑 함께 내 다리 좀 잡아다오."

그렇게 말하고 아빠는 히데키를 힘껏 안아 올렸다. 첨벙, 하는 물소리와 함께 수초로 가득한 탁한 녹색 우물물이 아빠 가슴과 우리 손에 튀었다.

흠뻑 젖은 스페셜 티셔츠에 반바지. 히데키는 오늘 학교에서 봤을 때와 똑같은 모습으로 우물에서 나타났다. 그대로 천천히 땅에 눕혔다. 아빠는 젖은 장갑을 벗고 우물 가장자리에 떨어져 있던 자주색 모자를 주워서 히데키의 머리 옆에 가만히 내려놓았다.

아빠는 두 손을 모으고 조용히 명복을 빌었다. 나도 허둥지둥 눈을 감고 히데키의 명복을 빌었다.

히데키가 정말로 죽었다……. 싸우고 나서 화해도 못했

는데.

눈물이 다시 볼을 타고 흘러내렸다.

"……그런데 너희들이 왔을 때, 뒤뜰 문에 바깥쪽 걸쇠가 걸려 있었다고 했지?"

경찰서에 전화를 걸어 사정을 설명한 후 아빠가 내게 물었다.

"응. 몇 번이나 몸으로 부딪쳐서 겨우 열었어."

"그렇구나……."

아빠는 턱에 손을 댄 채 잠시 생각하다가 뜰 안쪽의 광으로 걸어갔다. 광은 판자에 못을 쳐서 허술하게 지은 판잣집으로, 내가 몸으로 부딪쳐도 맥없이 부서질 만한 물건이다. 다다미 석 장(약 5제곱미터-옮긴이) 정도밖에 안 되는 실내에는 쓸모없는 잡동사니만 널려 있다. 본부를 단장할 때 방해되는 목재 따위를 처박아놓고 그대로 내버려뒀다.

아빠는 문을 밀어서 열고 경계하면서 광 안으로 들어갔다. 하지만 바로 나오더니 나지막한 목소리로 중얼거렸다.

"바닥에 먼지가 두껍게 쌓였어. 사람이 숨어 있던 흔적은 전혀 없군."

아빠가 무슨 말을 하는 건지 잠시 생각해보고 나서 그 의미를 알아차렸다. 바깥쪽에서 걸쇠가 걸려 있었으니, 우리가 우물가에 왔을 때 범인은 뒤뜰에 숨어 있었을 것이다. 하지만 이 조그만 뜰에 숨을 곳은 없다. 단 한 곳, 광을 제외하고는.

그런데 광에는 핵심적인 증거인 발자국이 없었다.

"이 담장을 넘어서 도망친 거 아닐까?"

내가 묻자 아빠는 3면을 둘러싼 높이 2미터 정도의 얇은 함석 담장을 밀었다 당겼다 하다가 말했다.

"안 돼. 봐봐, 기둥이 낡은 데다 조금만 힘을 줘도 이렇게 구부러져. 담을 넘었다면 분명 흔적이 남았을 거야."

확실히 아빠가 살짝 밀기만 했는데 녹슨 함석담은 모양이 확 우그러졌다. 나무 기둥도 형편없이 낡아서 금방이라도 부러질 것 같았다.

"그럼 어떻게 된 거죠? 범인이 뒤뜰에서 사라졌다는 건가요?"

가만히 상황을 살피던 다카시가 물었다.

"그럴지도 모르겠지만…… 어쩌면 처음부터 없었을지도 몰라. 히데키는 뒤통수에 심한 충격을 받아서 죽었어. 우물을 들여다보다가 발이 미끄러져서 빠졌는지도 모르지."

"그런……."

나도 모르게 말이 불쑥 흘러나왔다. 지금까지 히데키는

살해당했다고 굳게 믿었던 탓에 아빠의 말을 바로 받아들일 수가 없었다.

"하지만 떨어졌다면 물구나무선 자세가 되지 않았을까요? 히데키는 위를 보고 있었어요."

다카시도 나와 똑같은 생각인지 이해가 안 된다는 표정이었다. 그러자 아빠가 조용한 말투로 설명했다.

"우물은 히데키의 몸집보다 훨씬 커. 머리를 부딪힌 후에 빙그르르 회전했는지도 모르지. 봐, 히데키의 젖은 머리카락에 수초가 붙어 있지 않니."

조금 긴 히데키의 머리카락은 원래 새카맣지만, 수초가 얽히는 바람에 녹색 얼룩무늬가 생겼다. 물속에 한 번 잠겼던 것이 분명했다.

우리 모두 히데키가 살해당했다고 굳게 믿은 이유가 뭔지 생각해보았다. 아키야 가이 이야기를 했기 때문에? 본부의 자물쇠가 풀려 있어서? 아니다.

대답은 창백한 얼굴로 바들바들 떨고 있던 도시야가 해주었다. 도시야는 한 걸음 앞으로 나와서 말했다.

"그러면 언덕길을 내려간 히데키는요? 제 두 눈으로 똑똑히 히데키를 봤어요. 그다음에 바로 여기로 왔는데 어째서 히데키가 여기 죽어 있는 거죠?"

그렇다. 아무도 히데키가 돌아왔다고 생각하지 않았다. 스노우치나 아키야 가이 둘 중 하나라고 생각했다. 하여튼 히데키 말고 다른 사람이 뒤뜰에 숨어 있을 거라고 짐작했다. 그래서 우물에서 히데키의 시체를 발견했을 때 놀란 나머지 누군가에게 살해당했다고 굳게 믿은 것이다.

"도시야." 아빠가 천천히 도시야를 돌아보고 물었다 "네가 히데키를 목격했구나. 그 후에 여기로 올 때까지 얼마나 걸렸니?"

도시야는 잠시 생각하다가 대답했다.

"15분 정도였을 거예요. 하지만 여기까지는 외길이니까 히데키가 앞질렀을 가능성은 절대 없어요."

"아니, 히데키가 먼저 도착했을 수도 있지. 네가 온 길 말고도 현도에서 이곳으로 이어지는 좁은 길이 몇 군데 더 있을지도 몰라. 히데키는 그 길로 올라와서 너보다 먼저 도착했을 수도 있어."

"그렇지만…… 아마 다른 길은 없을 거예요."

"하지만 실제로 히데키는 우물 속에서 죽었어. 네가 잘못 본 게 아니라면 그렇게 받아들일 수밖에 없잖니."

"저는 절대로 잘못 보지 않았어요."

도시야는 크게 낙담한 얼굴로 단언했다. 하지만 바로 석

연치 않다는 표정을 지었다. 히데키가 나중에 와서 뒤뜰로 빠져나가려면 본부 옆의 봉당, 즉 우리 눈앞을 지나쳐야 한다. 본부의 장지문은 활짝 열어뒀으니 누가 지나치면 모를 리 없다. 그렇지만 우리는 아무도 보지 못했다.

"사고가 아니에요. 분명히 아키야 가이가 죽인 거라고요!"

이번에는 사토미가 외쳤다. 사토미답지 않게 신경질적이고 새된 목소리였다. 사토미는 두 주먹을 꼭 쥔 채 말을 이었다.

"저희에게 복수하려고 아키야 가이가 숨어 있던 거예요."

"아키야 가이?"

아빠가 미간을 찌푸리고 나를 쳐다보았다. 어떻게 설명할지 망설였지만, 이름이 나온 이상 어쩔 수 없었다. 나는 고양이 학살사건과 관련된 이야기를 솔직하게 털어놓았다. 다만 방울을 사용해 증거를 날조했다는 부분만은 숨겼다. 형사의 아들이 부정한 행위에 가담했다는 사실이 밝혀지면 야단맞는 것으로 끝나지 않을 테고, 그로 인해 아키야 가이가 체포되지 않을지도 모르기 때문이다.

"고양이 학살사건의 범인이라. 분명 담당자가 겨우 용의자의 범위를 좁힐 수 있을 것 같다며 기뻐했지. 대학생이라고 했으니 그 녀석인지도 모르겠군. 하지만 만약 그런 상황이라면 지금 미행을 당하고 있을 텐데. 나중에 확인해 보겠지만, 어쨌거나 아키야라는 녀석도 이 담장은 못 넘어갈 거야."

아빠는 굵은 목소리로 딱 잘라 말했다. 어른이자 형사인 아빠의 말에는 설득력과 위압감이 있어서 아무도 정면으로 반박할 수 없었다.

여전히 불만스러운 듯한 내 표정을 보았는지 아빠가 입을 열었다.

"아직 사고라고 확정된 건 아니야. 이제 감식과가 와서 자세히 조사하면 사고인지 살인인지 분명히 밝혀지겠지. 다만 제발 부탁이니 경찰이 발표할 때까지는 살해당했다느니 하는 말을 다른 데서 실수로라도 꺼내서는 안 된다. 히데키의 가족에게 괜한 고통을 안겨줄 뿐이야. 모두 알겠지?"

우리는 마지못해 고개를 끄덕였다. 히데키의 부모님은 아들이 죽었다는 것만으로도 크게 슬퍼할 텐데, 살인이라는 소문까지 들으면 미쳐버릴지도 모른다.

"그럼 아까 그 방에서 자세한 이야기를 듣도록 할까. 침착하게 차근차근 이야기하는 거야."

아빠는 내 등을 밀며 나무문으로 향했다.

······하지만 아빠가 뭐라고 말하든, 나는 히데키가 살해당했다고 믿는다. 균형을 잃고 떨어지다니 아무리 운동신경이 둔해도 히데키가 그렇게 어이없이 죽을 리 없다. 캠핑을 갔다가 길을 잃고 함께 산길을 헤맨 끝에 살아 돌아온 나의 전우 히데키가 그럴 리 없다. 히데키는 나보다 야무지게 행동하며 처음부터 끝까지 나를 격려해주었다.

묵직한 땅거미에 뒤덮인 시신을 바라보며 나는 그날 밤의 추억을 다시금 떠올렸다.

구름 하나 없이 푸른 하늘. 메마른 공기. 가차 없이 내리쬐는 태양. 너무나 눈이 부셔서 눈을 가느다랗게 뜨고 택시에서 내렸다. 바로 앞에 '이와부치 치과' 간판이 있었다. 오늘은 간판의 불을 켜지 않았고, 대신 하얀색 조화 화환이 늘어서 있었다. 7월인데도 모두 한겨울처럼 얼어붙은 얼굴로 그 앞을 지나갔다. 안쪽 차고의 원목 제단은 화려한 연꽃과 번쩍이는 금색 장식으로 매우 호화롭게 꾸며졌다. 조그만 유토피아. 코를 찌르는 선향 냄새. 중앙에서 주홍색으로 빛나는 커다란 전기 촛불 두 개 사이로 히데키의 영정 사진이 보였다.

히데키는 가장자리를 검게 칠한 액자 속에서 하얀 이를

내보이며 정면을 향해 천진난만하게 웃고 있었다.

카메라를 의식하지 않았는지 시선이 오른쪽으로 조금 돌아가 있다. 모자는 썼지만 골든이글스가 아니니까 아마도 작년에 찍은 것이리라.

이날 나는 검은 옷을 입고 히데키에게 마지막 인사를 하러 갔다.

체육 창고 뒤편에서 히데키는 '우리의 맹세'를 없던 것으로 하겠다고 선언했다. 하지만 내 마음속에 '우리의 맹세'는 아직 그대로 남아 있다. 내게 히데키는 가장 소중한 친구다. 앞으로도 영원히. 그러니까……

"저기, 다카시. 지금 너희 집에 들러도 돼? 상의하고 싶은 일이 있는데."

장례식 다음 날 다카시에게 전화를 걸었다. 잠시 후에 그래, 하고 다카시의 대답이 들렸다. 내가 무엇을 상의하려는지 안다는 말투였다.

히데키는 사고로 죽은 것으로 처리됐다.

그 후에 경찰들이 우르르 몰려와서 뒤뜰을 조사했다. 하지만 아무리 조사해도 범인이 숨어 있던 흔적은 광에서 발견되지 않았다. 비에 젖기는 했지만 잡초가 무성한 탓에 뒤뜰 땅에도 분명히 알아볼 수 있는 발자국은 남아 있지 않았다.

바깥쪽 걸쇠가 걸려 있던 데다 뒤뜰에는 따로 숨을 만한 곳이 없으니, 결국 히데키가 혼자 뒤뜰로 나가서 걸쇠를 걸고 우물에 빠졌다는 결론이 났다. 죽은 원인은 뒤통수의 타박상이고, 머리만 수면 밖으로 나와 있어서인지 물을 먹지는 않았다고 한다.

경찰은 마귀할멈 집 자체도 꼼꼼히 살폈지만, 융단과 소파는 원래 주워 온 물건이라 우리 말고 다른 사람의 흔적이 엄청나게 많았던 모양이다. 히데키의 휴대전화 통화 이력도 조사했지만, 특별히 수상한 사람과 전화나 문자를 주고받은 흔적은 없었다. 누가 히데키를 불러냈거나 반대로 히데키가 누구를 불러내지는 않은 듯했다.

바쁜 아빠에게 직접 물어볼 수는 없었지만, 엄마가 그렇게 전해주었다. 공개적으로 그렇게 일단락된 것이리라. 히데키는 실수로 죽고 말았다고.

하지만 나는 받아들일 수 없었다. 절대로 받아들일 수 없었다. 히데키는 살해당했다.

오늘 아침에도 엄마에게 하소연했지만 엄마는 복잡한 표정으로 노려보기만 하고 진지하게 대답해주지 않았다.

"히데키는 사고로 죽었어. 살해당했다느니 하는 뒤숭숭한 소리를 하면서 돌아다니는 거 아니야."

도리어 꾸중만 들었다.

히데키의 부모님도 경찰의 판단을 믿는 모양이니, 이래서야 히데키의 죽음은 사고사로 마무리되고 만다. 그리고 히데키를 죽인 범인은 태평하게 살아갈 것이다.

용서할 수 없었다. 절대로 용서 못 한다.

지금도 히데키에게 탐정단의 비밀을 솔직하게 밝히지 않았던 것은 옳은 일이었다고 믿는다. 하지만 싸우고 헤어진 후에 화해할 틈도 없이 히데키는 천국으로 가버렸다. 덧없이 가버렸다.

남겨진 내가 할 수 있는 일은 범인을 찾아내 히데키의 원수를 갚는 것뿐이다.

농가인 다카시네 집의 넓은 부지에는 닭장뿐만 아니라 쌀을 도정하는 창고가 여러 개 있다. 제일 안쪽으로 들어가면 마당 한구석에 지금은 사용하지 않는 곳간이 있는데, 곳간 2층은 다다미를 깐 방이다. 본부를 만들기 전에는 자주 여기 모여 놀았다. 만약 도시야가 마귀할멈 집의 숫자 자물쇠를 열지 못했다면 다카시는 여기를 본부 삼아 탐정단을 결성했을지도 모른다.

다카시의 집을 찾아가 오랜만에 곳간으로 들어갔다. 2층에서는 이미 미치루와 사토미가 기다리고 있었다. "도시야는?" 하고 물어보니, 부모님의 감시가 심해서 빠져나올 수 없는 모양이라는 대답이 돌아왔다. 사건이 일어난 후로는 도시야 본인도 방에 틀어박혀 절대로 밖에 나가려 하지 않는다고 한다.

"저기, 다카시. 히데키가 정말로 사고를 당했다고 생각해?"

여름인데도 서늘한 다다미에 앉자마자 나는 물어보았다. 그러자 다카시는 잠깐 뜸을 들이다가 불쑥 대답했다.

"……그건 아닐 거야."

아주 나직한 목소리였다.

"그렇겠지. 다카시 생각도 그렇구나. 나도 히데키는 살해당했다고 생각해."

"내 생각도 그렇긴 한데……."

평소와 달리 사토미는 어쩐지 모호한 태도를 취했다.

"하지만." 삐져나온 머리카락을 매만지며 사토미는 말을 이었다. "확실한 증거가 없잖아. 왠지 그럴 것 같다는 것뿐이지. 아니면 요시오는 무슨 증거라도 가지고 있어?"

"증거는 도시야의 증언이야. 그때도 말했잖아. 히데키는 절대 우리보다 먼저 본부에 못 와."

현도에서 마귀할멈 집으로 이어지는 다른 산길이 있는지 수색했지만 결국 그럴싸한 길은 발견되지 않았다. 히데키의 뒷모습만 목격한 탓도 있고 해서, 결국 경찰에서는 도시야의 증언을 단순한 착각으로 판단한 듯했다. 아이의 증언이라고 가볍게 취급하는 것이다.

하지만 어른이라면 몰라도 아이, 특히 다비레인저를 좋아하는 아이가 스페셜 티셔츠를 잘못 봤을 리 없다. 그날 학교에서 히데키가 계속 자랑했는데 착각이라니 말도 안 된다.

오늘 아침, 방송 마지막 부분에 스페셜 티셔츠 이벤트 당첨자가 발표됐다. 거기에 '이와부치 히데키'라는 이름이 나왔다. 다른 당첨자 네 명은 도쿄나 구마모토처럼 먼 곳에 사는 사람이었다. 즉, 이 부근에서 스페셜 티셔츠를 입은 사람이 있다면 그건 바로 히데키라는 뜻이다.

"이렇게 생각해봤어. 도시야가 마귀할멈 집에 도착했을 때, 히데키는 아직 뒤뜰에 없었어. 우리가 본부에 들어간 다음, 아니면 그전에 다카시랑 도시야가 현관 앞에 앉아 있는 동안 히데키와 범인이 되돌아와 바깥에서 뒤뜰로 숨어들었고, 그 후에 범인이 히데키를 죽인 것 아닐까."

"하지만 그건 경찰도 조사하지 않았나? 요시오 아빠도 그랬잖아. 담장은 못 넘었을 거라고."

페트병의 차가운 차를 컵에 따른 뒤 사토미가 반박했다.

"그건 그렇지만……."

구불텅하게 휘어진 함석 담장은 척 보기에도 넘기가 몹시 어려울 것 같았다. 높이도 2미터는 돼서 어른이라도 점프해서 뛰어넘기는 무리이리라.

"빨래 건조용 장대로 장대높이뛰기를 했을지도 몰라."

하지만 다카시는 조용히 고개를 저었다.

"말도 안 돼. 장대가 부러졌다는 걸 잊었어? 게다가 어른이 시도해도 힘들 텐데, 히데키의 운동신경으로는 아예 불가능해. 애당초 뒤뜰로 들어올 때는 제쳐두고, 나갈 때는 어떻게 하려고? 아무리 잡초로 뒤덮여 있었어도 파인 흔적이 땅에 남을 거야. 장대도 담장 옆에 떨어져 있었을 테고. 만약 그런 증거가 있었다면 경찰이 진작에 찾아냈을 걸. 게다가 뒷문의 안쪽 걸쇠가 벗겨져 있었어. 화요일에 내가 분명히 걸었는데 말이지. 즉, 히데키는 담장 밖에서가 아니라 뒷문 안쪽에서 걸쇠를 벗기고 뒤뜰로 들어간 거야."

단숨에 말을 마치고 차로 목을 축였다. 쇠창살이 끼워진

창문으로 비쳐 든 햇빛이 반사돼 컵이 반짝 빛났다.

"그리고 어쩌면 정말로 도시야가 잘못 봤을 수도 있어. 은색 티셔츠는 팔지 않지만, 블랙 다비의 티셔츠는 어디서든 팔아. 햇빛이 비치는 각도에 따라서 우연히 검은색이 은색으로 보인 건지도 모르지. 멀리서 보면 등에 탈무드 사령관이 같이 있는지 없는지도 모르잖아."

"그럼, 골든이글스 모자는?"

"어제 히데키 장례식에 갔다가 엄마 아빠랑 역 앞에서 밥 먹었는데, 고작 한 시간 반 동안 역 앞 상점가에서 그 모자를 쓴 사람을 두 명은 봤어. 그러니까 골든이글스 모자는 우리가 생각하는 것만큼은 드물지 않은 거지."

"그럼 도시야의 증언은 일단 제쳐놓더라도 가방은 어떻게 된 거지? 히데키의 가방이 마귀할멈 집 앞에 놓여 있었잖아. 혼자 뒤뜰로 들어갔다면 가방도 가지고 갔을 텐데."

"누구랑 같이 들어간다고 해도 가져가지 않을까?"

옆에서 사토미가 끼어들었다. 나는 사토미 쪽으로 얼굴을 돌렸다.

"맞아. 하지만 가방을 집 앞에 놓아둘 상황이 딱 하나 있어. 바로 안에 사람이 있을 때야. 아마 히데키는 혼자서 집 안을 들여다보려고 하지 않았을까? 안에서 인기척이 나서 말이야. 그 집은 창문이 전부 막혀 있으니까 안쪽 상황을 살피려면 현관문을 열어야 해. 일단 가방을 내려놓고 현관문을 조금 열고 들여다본 거야. 그러다 범인한테 들켜서 안으로 끌려 들어간 거지."

"……뭐, 그럴지도 모르지." 다카시는 천천히 팔짱을 끼더니 말했다. "하지만 그렇다면 도시야의 증언과 모순되지 않아? 그리고 숫자 자물쇠를 풀 때 가방을 발치에 내려놓았다가 깜박 잊었을 뿐일지도 몰라. 어쨌거나 걸쇠가 걸린 뒤뜰에서 범인이 빠져나갈 방법은 없어."

"그러니까 탐정단이 힘을 모아 그 방법을 생각해보자는 거잖아. 그런데 반응이 왜 이래? 나 혼자서는 아무리 머리를 쥐어짜도 모르겠으니까 너희 지혜를 빌리면 어떻게든 될 것 같아서 모이자고 한 건데."

나는 목이 쉬도록 하소연했다. 하지만 다카시는 느릿느릿한 거북이만큼이나 둔하게 대답했다.

"말은 쉽지."

의욕 없이 찡그린 표정이었다. 이렇게까지 애써 설명했는데…….

"저기, 솔직하게 말해줘. 너희들은 이 사건과 관련되기 싫은 거야? 무서워? 히데키는 이미 죽었으니 상관없다는 거야? 살해당했을지도 모르는데 이대로 사고사로 처리돼도 괜찮아?"

"네 마음은 나도 이해해. 넌 히데키랑 엄청 친했으니까."

"왜 태도가 그렇게 미적지근한 건데? 부모님한테 탐정단을 때려치우라는 말이라도 들었어?"

나는 다카시를 두들겨 패고 싶은 충동에 휩싸였다. 설령 단 한 방도 제대로 때리지 못하고 도리어 성질이 난 다카시에게 흠씬 얻어맞더라도. 동시에 가장 소중한 친구인 히데키와 사이가 틀어지면서까지 지키려 했던 탐정단이 고작 이 정도라고 생각하자 가슴이 아팠다.

"분명 그런 말을 들었어. 하지만 난 때려치울 마음 없어. 게다가 부모님께 혼이 나서 소극적이 된 것도 아니야."

다카시는 미동도 하지 않았다. 그리고 날카로운 눈으로 나를 쳐다보며 말을 이었다.

"우리가 할 수 있는 일과 없는 일이 있어. 고양이 학살사건 정도라면 범인을 붙잡자고 나설 수 있겠지. 하이디의 원수를 갚기 위해서. 하지만 이번 상대는 살인범이라고. 고양이가 아니라 사람의 목숨을 파리 목숨처럼 여기는 놈이란 말이야. 설령 히데키의 원수라 해도 그런 놈을 상대하려고 단원들을 위험에 빠뜨릴 수는 없어. 안타깝지만 우리는 어린아이라고. 이건 리더로서 내린 결론이야."

"뭐가 리더야!"

더 참지 못하고 나도 모르게 몸을 반쯤 일으켰을 때였다.

"내가 도울게."

갑자기 미치루가 크게 소리쳤다.

"미치루."

사토미가 놀란 표정으로 미치루를 쳐다보았다.

"제정신이야? 이건 정말 위험한 일이라고."

"히데키는 친구였으니까 원수를 갚아주고 싶어. 그리고 요시오한테는 하이디 일로 도움을 받았으니 언젠가 보답해야겠다고 생각했거든."

미치루는 결심한 듯 고개를 들더니 연약하지만 굳은 의지가 깃든 목소리로 대답했다. 하지만 역시 무섭기는 한지 어깨를 바르르 떨었다.

"고마워, 미치루."

나도 모르게 미치루의 손을 잡았다. 정말로 무의식적이었다.

"아앗."

비명을 듣고서야 내가 무슨 짓을 했는지 깨닫고 당황해서 손을 놓았다.

"미안." 부끄러워서 얼굴이 달아올랐다.

"괜찮아. 아무렇지도 않아."

미치루는 고개를 살짝 기울이고 빙긋 웃었다.

"하지만 어쩌려고? 너희 둘이 뭘 할 수 있는데?"

온몸을 찌를 듯 가시 돋친 말투로 사토미가 물었다.

"그건······."

말문이 막혔다. 사토미가 그것 좀 보라고 따지는 듯 차가운 눈빛으로 말없이 압력을 가했다. 미치루가 내 편을 들어서 기분이 상한 모양이었다.

지금 말싸움에서 밀리면 말짱 꽝이다. 미치루가 애써 편을 들어주었는데.

"마귀할멈 집에 다시 가보려고. 내 생각이 틀리지 않았다면 히데키는 뭔가 봤을 거야. 그걸 확인하고 올게."

"말도 안 되는 소리 좀 그만해. 어른한테 들키면 어쩌려고? 자칫하면 도시야처럼 집에 갇혀서 꼼짝도 못 할걸."

다카시가 선생님 같은 말투로 나무랐다.

사건이 일어난 후, 엄마 아빠는 탐정단 이야기를 꺼내지 않고 다정하게 대해주었다. 히데키가 죽어서 그랬으리라. 하지만 마귀할멈 집에 다시 들어갔다가 들키면 눈물이 쏙 빠지도록 야단맞을 게 뻔했다. 탐정단 역시 강제로 해체당할지도 모른다.

하지만 방법은 이것밖에 없을 것 같았다.

히데키는 뭘 봤을까. 그것만 알아낸다면.

"넌 상관없겠지만 미치루가 가여워. 게다가 사건이 사고로 처리돼서 안심한 범인이 돌아와 있을지도 모르잖아."

사토미가 미치루의 두 어깨를 꽉 붙잡고 부모의 원수라도 대하는 듯한 표정으로 이쪽을 노려보았다. 그러자 미치루는 사토미의 손을 살며시 떼어냈다.

"괜찮아. 조금 무섭지만 내 걱정은 안 해도 돼. 나도 마귀할멈 집에 갈 거야. 나도 요시오처럼 히데키의 원수를 갚고 싶어."

얼굴을 가까이 대고 내 눈을 쳐다보면서 단호하게 말했다. 티 없이 맑은 미치루의 눈동자. 빨려들 것만 같은 그 눈동자를 정신없이 바라보고 있으니, 마음속 깊은 곳에 똘똘 뭉쳐 있던 나약함이 산산조각 나서 날아갔다. 미치루와 함께라면 뭔가 찾아낼 수 있을지도 모른다는 자신감이 샘솟았다.

"고마워, 미치루."

나는 다카시와 사토미를 매서운 눈으로 노려보고 나서 힘차게 일어섰다.

"우리는 갈 거야."

• ◆ •

 흙의 습기를 머금은 바람이 숲속을 빠져나갔다. 사건이 일어난 날과 달리 화창한 날씨였고 해도 아직 높이 떠 있었다. 요전처럼 날이 금방 저물지는 않을 테니 마귀할멈 집을 둘러볼 시간은 충분하다. 마귀할멈은 낮에는 자고 있으니까……. 자물쇠를 풀었을 때 도시야가 한 말이 떠올랐다. 딱히 믿는 건 아니지만 그 말이 용기를 북돋아주기는 했다.
"미치루, 정말 괜찮겠어? 나 혼자 가도 되는데."
 로스리스버거 앞에서 미치루에게 다시 물어보았다. 다카시와 사토미가 걱정한 것처럼 위험하기는 했기 때문이다. 만약 무슨 일이 생기면 목숨을 걸고서라도 미치루를 지킬 작정이었지만 내 힘은 보잘것없다. 내 탓에 미치루가 위험해진다면……. 그게 제일 걱정이었다.
 하지만 미치루는 뽀얀 얼굴로 생긋 웃으며 말했다.
"같이 가는 게 든든하잖아. 둘이 같이 있으면 분명 괜찮을 거야."

용기백배다. 지금이라면 히데키의 원수도 갚을 수 있을 것만 같았다.

공터로 나가자 마귀할멈 집 주위에는 '출입금지'라고 적힌 노란 테이프가 둘러쳐져 있었다. 하지만 운 좋게도 경찰관의 모습은 보이지 않았다. 만약 들키면 본부에 두고 온 도감이 필요해서 가지러 왔다고 변명할 작정이었다.

"미치루, 가자."

테이프를 넘어서 발소리를 죽이고 집으로 들어갔다.

여전히 어둑어둑했다. 경찰이 구석구석 이 잡듯이 조사했으리라. 소파와 테이블이 놓인 위치가 확 바뀌었다. 가져다 놓은 만화책과 CD플레이어는 그대로 남아 있었지만, 사건 직후보다 더더욱 우리 본부가 아닌 낯선 곳 같은 느낌이 들었다. 여기는 일찍이 우리가 두려워하던 옛날의 마귀할멈 집이다.

안녕, 그리운 날들······.

가슴속에 솟는 감정을 억누르며 가재도구 중에 새로 추가된 것이나 없어진 것이 있는지 눈을 왕방울만 하게 뜨고 찾아보았다. 만약 다른 사람이 드나들었다면 흔적이 남을 게 분명했기 때문이다. 그러나 전부 확실하게 기억나는 건 아니지만, 새로운 물건이나 눈에 띄지 않는 물건은 없는 듯했다.

히데키는 뭘 본 걸까?

예를 들어 상대가 아키야 가이였다면, 고양이를 죽이는 현장을 목격했는지도 모른다. 하지만 고양이를 죽였다면 흔적이 더 남았겠지. 사방으로 튄 피나 고양이의 털뿐만 아니라 비릿한 냄새 같은 것 말이다. 지금은 어쨌든 사흘 전에도 그런 냄새는 나지 않았다. 그런 냄새를 못 맡을 정도로 코가 형편없지는 않다.

그럼 도시야가 두려워했던 것처럼 우리에게 복수하기 위해 잠복하고 있었다면?

그렇다면 굳이 사고로 위장할 필요는 없었을 것이다. 살인임을 알려야 우리를 효과적으로 협박할 수 있을 테고, 사고든 살인이든 우리 증언으로 아키야 가이는 경찰에게 주목받을 테니 숨겨봤자 아무 의미도 없다. 무엇보다 마음만 먹으면 그때 뒤뜰 문을 가로막고 우리를 단숨에 죽일 수도 있었으리라. 아키야는 어른이고 우리는 초등학생이다. 게다가 여기는 고래고래 소리를 질러도 들어줄 사람 하나 없는 산속이다. 복수할 생각이었다면 그렇게 좋은 기회를 놓칠 리 없다.

"역시 아키야 가이는 범인이 아닌 걸까."

나는 문턱 가장자리에 살짝 걸터앉아 중얼거렸다.

"내 생각도 그래."

미치루는 그렇게 말하며 내 옆에 살며시 앉았다. "아키야 가이라면 하이디에게 한 것처럼 자기 이름을 남겼을 거야."

"고양이 다음에 히데키로?"

확실히 그럴지도 모른다. 고양이 다음에 인간으로 이름을 남긴다. 나로서는 상상도 못 할 일이었지만, 고양이를 그런 식으로 죽이는 녀석이라면 고양이와 사람을 차별하지 않을지도 모른다.

"미치루는 히데키가 뭘 봤을 것 같아?"

미치루는 고개를 기울이며 음, 하고 잠시 생각하더니 대답했다.

"숨어 있던 살인범을 봤다든가. 너희 아빠는 지금 고이데 정에서 일어난 살인사건을 수사하고 계시지? 여기는 깊은 산속이라 숨어 있기에 안성맞춤일 것 같아. 마귀할멈 집에 다가올 사람도 없을 테고."

"글쎄. 방을 보면 지금도 사람이 쓰는지 안 쓰는지 정도는 금방 알 수 있을 거야. 사람이 쓰는 곳을 은신처로 고르지는 않겠지."

"그런가. 그럼 스노우치일지도 모르겠다."

미치루는 천진난만하게 무서운 소리를 했다. 그렇지만 아무리 스노우치라도 히데키를 죽이지는 않으리라. 도리어 자신에게 협력하라고 히데키를 협박했을 것이다.

역시 숫자 자물쇠를 풀 때 가방을 내려놓은 걸 깜박한 걸까……. 이제 막 왔는데 나약한 생각이 고개를 들었다.

'어쨌거나 걸쇠가 걸린 뒤뜰에서 범인이 빠져나갈 방법은 없어.'

아까 다카시가 한 말이 머릿속에 되살아났다.

"미치루, 뒤뜰 좀 보고 올게. 잠깐 시험해보고 싶은 일이 있어."

자리에서 일어서자 "나도 갈래" 하고 미치루도 뒤따라 일어섰다.

뒤뜰도 본부와 마찬가지로 서먹서먹하게 우리를 맞이했다. 많은 사람이 드나들며 밟아 뭉갠 탓에 잡초가 마치 어린이 공원의 잔디밭처럼 보였다.

나는 뒤뜰을 가로질러 제일 먼저 광을 들여다보았다. 아까 미치루와 현도를 올라올 때 한 가지 가설을 세웠다. 그걸 확인하기 위해서다.

아빠는 광에 사람이 숨어 있던 흔적이 없었다고 했다. 하지만 어쩌면 흔적을 남기지 않고 숨을 수 있을지도 모른다.

"미치루, 잠깐만 밖에서 기다려. 수상한 녀석이 오는 것 같으면 힘껏 소리를 질러."

미치루가 응, 하고 고개를 끄덕인 것을 확인하고 나는 혼자 광으로 들어갔다.

광 안은 좁고 침침한 데다 먼지로 뿌옜다. 경찰이 마구잡이로 휘저은 먼지가 여태껏 가라앉지 않은 것만 같았다. 어쩔 수 없이 손수건으로 입가를 막고 호주머니에서 펜 라이트를 꺼냈다.

희미하게 밝아진 바닥은 수많은 발자국으로 가득했다. 사흘 전에 묻은 진흙이 겨우 마른 것 같아 보였다. 이럴 줄 알았지만, 역시 이제 와서 발자국을 조사해봤자 아무 의미도 없다.

어쩔 수 없이 펜 라이트를 비추며 주변을 한 바퀴 빙 둘러보았다. 반년 전에 마지막으로 보았기에 자세하게는 기억나지 않았다. 광 오른쪽에 달린 손으로 만든 조잡한 선반에는 나무통과 소쿠리 따위가 얹혀 있고, 그 옆에는 우리가 기대어 세워둔 못 쓰는 목재가 있었다, 제일 안쪽에는 녹슨 쟁기와 괭이 몇 자루가 널브러져 있었다. 그 옆에는 빈 마대가 아무렇게나 포개어져 있었다. 아무래도 바깥쪽 공터는 옛날에 마귀할멈 부부의 밭이었던 모양이다.

어쨌든 먼지가 많아서 오래 있으면 천식이 도질 것 같았으므로 서둘러서 아까 세운 가설을 확인해보기로 했다. 문 바로 뒤에 다리가 네 개 달린 발판을 놓으면 바닥에 발자국을 남기지 않고 숨을 수 있지 않을까? 그게 내가 추리한 트릭이었다. 그러면 바닥에는 조그만 점 네 개밖에 남지 않을 테니 아주 세심하게 살피지 않는 한 발견되지 않을 것이다.

나는 본부 옆방으로 돌아가 적당한 발판을 들고 와서 광 문간에 놓으려고 했다.

"어때?" 미치루가 물었다.

"안 돼."

내 머릿속 추리는 문을 열고 발판을 놓으려고 한 순간 덧없이 무너졌다. 광의 문은 안으로 열리는 데다 손잡이가 달린 쪽은 바로 벽이었다. 즉, 문과 벽 사이에 발판을 놓을 만한 공간은 조금도 없었다. 다시 말해 광 안에 발판을 놓으려면 일단 안으로 들어가서 문을 닫아야 한다. 발자국을 남기지 않고 그런 재주를 부릴 수 있을 것 같지는 않았다.

의아한 듯이 쳐다보는 미치루에게 내 추리와 그 추리가

성립되지 않는다는 걸 설명했다.

"그럼 역시 범인은 광에 숨어 있지 않았던 거네."

미치루는 낙담한 표정으로 시선을 떨어뜨렸다.

"그런가 봐. 미안."

역시 내 힘으로는 무리일까. 나는 발판을 든 채 어찌할 바를 몰랐다. 빠져들 듯 푸른 하늘, 아무것도 없는 푸른 하늘이 나를 더욱 작아 보이게 했다.

바로 그때였다. 문득 뒤뜰이 평소와 다르게 느껴졌다. 그저 서먹서먹하다기보다 분명히 요전과는 배치가 다른 듯한…….

나는 뒤뜰을 빙 둘러보았다. 함석 담장에 빨래 건조용 장대, 오래된 우물……. 왜 그런지 곧바로 알 수 있었다. 우물 덮개다.

그날 우리가 뒤뜰에 들어왔을 때 커다란 대야 같은 우물 덮개는 밑바닥을 위로 한 모양새로 땅에 엎어져 있었다. 여전히 같은 곳에 있지만 지금은 밑바닥이 땅에 닿은 형태로 놓여 있다. 마치 보통 대야처럼.

"저기, 미치루. 저 덮개 요전에는 엎어져 있었지?"

"그랬나? 모르겠어."

미치루는 자신 없다는 듯 고개를 살짝 갸웃했다. 어쩔

수 없다. 사건이 일어났을 때 미치루는 아키야가 나타날지도 모른다는 생각에 문가에서 벌벌 떨고 있었으니까.

하지만 나는 우물 가장자리까지 몇 번이나 갔으니까 잘 안다. 덮개는 계속 밑바닥을 위로 향한 상태로 엎어져 있었다. 물론 단순히 경찰이 반대로 뒤집어놓았을 뿐이겠지만, 그게 몹시도 마음에 걸렸다.

덮개는 엎어져 있으면 상자랑 똑같다. 즉, 그 속에 사람이 숨을 수 있을지도 모른다!

나는 급히 달려가서 덮개를 뒤집고 밑에 숨어보았다.

공간은 충분하다.

"범인은 그 밑에 숨어 있었던 거야?"

내 의도를 알아차렸는지 미치루가 스커트를 살짝 누르면서 머뭇머뭇 다가왔다. 덮개에 세로로 가느다란 틈이 있어서 바깥이 그럭저럭 보였다.

"미치루. 내 모습이 보여?"

혹시나 해서 물어봤다.

"아니." 머리 위에서 목소리가 되돌아왔다. "전혀 모르겠어."

미치루는 그 자리에 쪼그리고 앉아 덮개 틈새에 얼굴을 가까이 댔다.

"여기까지 오니까 알겠다."

미치루가 눈앞에서 빙긋 웃었다. 지금 우리 사이의 거리는 5센티미터도 안 될 것이다. 만약 덮개로 막혀 있지 않았다면 절대로 다가오지 않았을 거리. 하지만 미치루의 얼굴은 확실히 보였다. 어쩐지 뺨이 확 달아올라서 나는 엉겁결에 딱딱한 미소를 지었다.

"그럼 우리가 히데키를 발견했을 때 범인은 여기 숨어 있었구나."

그날은 지금보다 훨씬 어두침침했다. 밖에서는 전혀 보이지 않았을 것이다.

"응, 분명 그럴 거야."

내 대답에 미치루의 얼굴이 순식간에 얼어붙었다. 그럴 만도 하다. 살인자가 바로 근처에 있었으니까. 히데키를 죽인 범인이 발치에서 숨을 죽이고 있던 것이다. 만약 누가 덮개를 의심했거나 모두 우물에 모였을 때 덮개가 방해된다면서 치우려 했다면 범인이 덤벼들었을지도 모른다.

"우리, 정말 운이 좋았구나."

나는 덮개 밑에서 나와서 미치루에게 다가갔다.

미치루의 목소리가 떨렸다. 몸이 떨렸다. 입술이 떨렸다. 눈동자가 떨렸다.

"괜찮아."

나는 미치루의 조그만 손을 꼭 잡았다. 차갑지만 부드러운 손이었다.

"괜찮아, 미치루."

한 번 더 다정하게 말했다.

10분 후, 나는 미치루의 손을 잡고 마귀할멈 집에서 나왔다. 히데키가 뭘 봤는지는 결국 알아내지 못했다. 하지만 너무나도 겁에 질린 미치루를 이대로 마귀할멈 집에 둘 수는 없었다.

무서웠는지 미치루도 내 손을 꽉 쥐었다.

하지만……. 돌아오는 길에 한 가지 생각이 내 머릿속을 맴돌았다. 정말 무시무시한 생각이.

내게는 우물 덮개 밑 공간이 넉넉했다. 몸집이 큰 다카시도 간신히 몸을 숨길 수 있으리라. 하지만 아무래도 아키야 가이 같은 어른은 못 들어갈 것 같았다.

히데키를 죽인 건 아키야가 아니라 아이일까? 어쩌면 우리 학교에 다니는……. 역시 스노우치?

나는 미치루의 손을 쥔 채 현도를 터벅터벅 내려갔다.

7월 20일, 화요일. 종업식.

내일부터 여름방학이다. 원래라면 기다리고 기다렸을 여름방학이지만 당연히 마음이 편하지 않았다. 종업식도 답답하고 무거운 분위기였다.

현재 히데키의 죽음은 사고사로 마무리된 상태라, 단상 위에서 교장 선생님이 위험한 곳에는 절대로 가지 말라고 평소보다 훨씬 많은 시간을 들여 훈화했다. 아주 길었지만 오늘만큼은 볼멘소리하는 아이가 없었다. 교실에서 통지표를 받은 후에도 사와다 선생님이 또 "위험한 곳에는……" 하고 입이 닳도록 주의를 주었다.

김빠진 콜라 같은 학급 회의가 끝난 다음 나는 층계참에서 스즈키를 붙잡았다.

"저기, 스즈키. 히데키는 사고로 죽은 게 아니라 살해당한 거지?"

스즈키, 즉 신이 어떻게 생각하는지 알고 싶었다. 우리와 같은 초등학생이 범인. 그때부터 다른 가능성은 없을지 줄곧 고심했다. 하지만 아무리 머리를 쥐어짜도 다른 가능성은 전혀 떠오르지 않았다. 내 추리가 올바르다면 범인은 아이다. 스노우치 아니면 반 친구일지도 모른다. 종업식 때 얌전한 표정을 짓고 있던 아이들 사이에서 범인 혼자 싱글거리고 있었을지도 모른다. 결코 받아들이고 싶지 않은 결론이었다.

하지만 그렇지 않다면 뒤뜰에는 사람이 숨을 만한 장소가 따로 없으므로 결국 히데키는 사고로 죽은 셈이다.

양쪽 다 싫었다. 막다른 곳에 몰렸다.

"맞아."

대답은 어이없을 정도로 쉽게 돌아왔다. 흰색 셔츠를 입고 검은색 책가방을 멘 스즈키는 변함없이 무표정한 얼굴로 나를 쳐다보았다.

"떠밀려서 우물에 빠진 거야?"

"아니." 스즈키는 딱 잘라 말했다. 마치 보고 있었다는 듯이. "히데키는 다른 장소에서 살해당했어. 그 후에 범인이 사고사로 위장하려고 우물에 내던진 거지."

어떻게 아느냐고 묻고 싶었지만, 이런 상황에서도 스즈키는 신인 척하면서 절대 솔직하게 알려주지 않으리라.

"도대체 누가 히데키를 죽인 거야? 우리 같은 초등학생?"

큰맘 먹고 단도직입적으로 물어보았다. 고양이 학살사건 때도 느낀 점인데 스즈키는 겉보기와 달리 머리가 아주 좋지 않을까? 아키야 가이를 범인으로 지적했을 때도 죽은 고양이의 형태를 근거로 추리했지만, 신이니까 다 안다면서 능청맞게 시치미를 뗀 것 아닐까.

그렇다면 내 머리로는 아무리 생각해도 알 수가 없지만, 스즈키는 추리를 통해 히데키의 사건에 관련된 뭔가를 쥐고 있을지도 모른다. 히데키가 살해당했다고 싱거울 정도로 딱 잘라 말했으니까.

"대답을 들어서 어쩌려고? 나한테 들었다고 경찰에 신고라도 할 거야?"

스즈키가 되물었다. 얼버무리기는. 역시 스즈키도 모르나. 좀 실망했다. 하지만 아빠를 포함한 어른 경찰관조차 사고로 판단했을 만큼 어려운 사건이다. 해결 못 하는 게 당연하다. 나는 스즈키에게 뭘 기대했던 걸까.

"아니. 그런 짓은 안 해. 다만……."

나는 실망이라는 감정이 확연히 묻어나는 목소리로 대답했다. 그러자 스즈키는 이렇게 말했다.

"범인은 네 생각대로 초등학생이야."

"정말?"

스즈키의 눈을 빤히 들여다보았다. 겨울 달처럼 희미하게 반짝이는 눈동자가 자신감으로 가득했다. 어쩜 이렇게까지 단언할 수 있는 걸까. 어떤 의문이 고개를 쳐들었다. 어제, 잠깐이기는 하지만 머릿속을 스친 의혹이.

"야, 요시오. 할 이야기가 좀 있는데."

그때 계단 아래에서 다카시가 나를 불렀다.

잠깐 기다리라고 했지만 이야기를 길게 끌 여유는 없었다. 하지만 이 기회를 놓치면 여름방학 동안에는 스즈키를 못 만날 것 같았다.

"있지. 요전에 고양이 학살사건의 범인에게 천벌을 내려주겠다고 했잖아. 혹시……."

만약 고양이 학살사건의 범인이 아키야가 아니라 히데키였다면. 그리고 스즈키가 직접 '천벌'이라는 이름의 벌을 내렸다면. 스즈키라면 당연히 우물 덮개 밑에 숨을 수 있다.

"아직 안 내렸어. 히데키는 범인이 아니야."

하지만 스즈키는 아무렇지 않게 부정했다.

"너한테 가르쳐줬잖아. 범인은 아키야 가이라고."

"그랬지……."

너무 어처구니없는 의문이라 나 역시 진지하게 생각했던 건 아니지만, 스즈키가 김빠질 정도로 단호하게 부정하자 부끄러워서 기분이 우울해졌다. 역시 게임을 이어나가자고 사람을 죽이다니 말도 안 된다.

"의심해서 미안해."

"괜찮아. 인간이 의심하도록 만든 건 나니까. 의심할 줄 모르는 인간은 불량품이지. 하지만 난 불량품은 안 만들거든. 그러니까 정도의 차이는 있겠지만 인간이라면 누구나 의심을 해. 그러니까 사과할 필요 없어. ……그런데 지금 당장 아키야 가이한테 천벌을 내려주길 바라는 거야?"

스즈키는 끝까지 신 게임을 밀고 나갈 생각이다. 히데키가 살해당한 지금도.

혹시 스즈키는 평생 이런 식으로 살아가려는 걸까. 설령 좋아하는 아이가 죽어도, 엄마나 형제가 죽어도 자기는 신이라서 모든 걸 다 알고 있었다며 태연자약한 태도로 나올까. 갑자기 뭔가가 가슴속에 울컥 솟구쳤다.

"그걸 히데키를 죽인 범인한테 내려달라고 바꿀 수 있어?"

난 될 대로 되라는 듯 그렇게 말했다.

"알았어." 스즈키는 간단히 승낙했다.

"너한테는 고양이보다 히데키가 소중할 테니까. 내가 천벌을 내려줄게. 너하고 이런저런 이야기를 나눌 수 있어서 즐거웠거든. 일종의 보답이야."

신한테 보답을 받다니, 그런 사람은 나뿐이리라. 모두 여기에 신이 있다는 사실조차 모를 테니까.

신 따위와 얽히지 않았으면 좋았을 텐데. 속으로 한숨을 한 번 쉬었다.

"고마워, 스즈키."

나는 스즈키에게 잘 가라는 인사를 하고 계단을 뛰어서 내려갔다.

• ◆ •

"스즈키랑 무슨 이야기한 거야?"

계단을 내려가자마자 다카시가 물었다. 스즈키와 사이좋게 이야기하다니 사람이 돌고래와 대화하는 것만큼이나 별나게 보였으리라.

"그냥. 저번 주에 같이 청소하다가 좀 친해졌거든."

나는 애매하게 말을 흐렸다. 솔직히 이야기한들 무슨 소용이 있을까. 게다가 가을부터는 더 이상 스즈키와 가까이 지내지 않을 테고.

신 게임은 이걸로 끝이다. 게임 오버. 나는 스즈키의 감성을 따라갈 수 없다.

"그런데 무슨 일이야, 다카시."

그저께 일이 생각나서 나는 퉁명스럽게 말했다. 그러자 다카시는 짧게 자른 머리를 푹 숙이며 시원스레 사과했다.

"그저께는 미안했어. 네가 그렇게까지 진심인 줄은 몰랐어. 그래서 오늘 우리 집 곳간에서 임시 모임을 가지려고."

"정말이야?" 뜻밖의 말에 얼굴이 누그러졌다. "무슨 일이 있었기에 마음이 변한 거야?"

"아니. 진지한 네 모습을 보고 나도 마음을 고쳐먹었을 뿐이야. 솔직히 탐정단 일과 관련해서는 히데키가 귀찮았어. 하지만 그걸 제외하면 히데키는 좋은 녀석이었지. 너처럼 가장 소중한 친구는 아니었지만, 좋은 친구였어. 그런 히데키가 죽었는데 못 본 체하고 넘어갈 수는 없잖아. 그걸 깨달은 거야."

다카시의 커다란 얼굴은 굳은 결의로 가득했다. 아무래도 거짓말은 아닌 듯했다. 다카시는 그런 거짓말은 하지 않는다.

"사실 네 말을 듣고 눈이 번쩍 뜨였어. 리더니 뭐니 하고 핑계를 댔지만, 실은 그냥 겁이 났을 뿐인지도 몰라. 용서해줄래, 요시오?"

다카시가 오른손을 내밀었다. 나는 그 손을 두 손으로 맞잡았다.

"하지만 괜찮겠어? 리더로서 단원들을 위험한 지경에 빠뜨릴 수 없는 거 아니었나?"

"아픈 곳을 찌르네." 다카시는 홀가분해진 얼굴로 쓴웃음을 지었다. "지금도 우리끼리는 위험하다고 생각해. 그래서 지원군을 부르기로 했지."

"지원군?"

"사토미의 사촌오빠 고이치 형 말이야. 고이치 형한테 부탁했더니 기꺼이 도와주겠대. 사정을 이야기했더니 고이치 형도 이상하다고 하더라. 그러니까 하마다 탐정단의 고문이 되어주겠대. 아직 다른 아이들에게는 동의를 받지 않았으니 확정된 건 아니지만, 넌 찬성해줄 거지?"

"고이치 형이라……."

스즈키 말고도 고이치 형이라는 똑똑한 사람이 있었다는 게 떠올랐다. 암담했던 내 마음속에 한 줄기 빛이 비쳐들었다. 스즈키는 신 게임을 핑계로 바로 말을 얼버무리지만, 고이치 형은 친절하게 도와준다. 게다가 초등학생이 이야기하면 믿지 않겠지만 중학생인 고이치 형이 이야기하면 어른들도 믿어줄지 모른다. 하이디 사건 때처럼.

"알았어. 나도 고이치 형이 고문을 맡아준다면 찬성이야. 히데키의 복수를 할 수 있다면 뭐든지 찬성할게."

"그렇게 나와야지." 그제야 다카시의 얼굴에 환한 웃음이 번졌다. "사토미한테는 벌써 동의를 얻었어. 이제 도시야랑 미치루만 설득하면 되는데, 걔들도 분명 찬성할 거야."

신발장에서 신을 갈아신고 학교 건물을 나섰다. 교문에서 잠시 기다리고 있으니 학교 건물에서 함께 나오는 미치루와 사토미가 보였다. 평소와 마찬가지로 흑과 백의 대비를 이루었다.

"야, 사토미. 할 말 있으니까 빨리 와."

다카시가 옆에 있는 중학교에까지 들릴 만큼 큰 소리로

불렀다.

"시끄러워. 그렇게 크게 안 불러도 다 들려. 진짜 부끄러운 줄도 모른다니까."

그렇게 대답하는 사토미의 목소리도 제법 컸다. 중학교까지는 닿지 않더라도 길 건너 문방구까지는 들릴 듯했다. 마치 부부 코미디언의 콩트 같은 두 사람의 대화를 들으며 미치루는 손을 입에 대고 쿡쿡 웃었다.

그때였다.

삐걱, 하고 머리 위에서 둔중한 소리가 들렸다. 나도 모르게 올려다보자, 학교 건물 꼭대기에 달린 커다란 시계의 긴 침이 5분을 가리키고 있다가 30분 위치까지 스르르 미끄러져 내려갔다. 놀랄 틈도 없이 거대한 시곗바늘은 그대로 축에서 빠져나와 밑으로 떨어졌다. 시계 밑에는······.

"미치루!"

소리를 지르는 것과 동시에 무시무시한 기세로 떨어진 뾰족한 철침이 시계 바로 밑에 있던 미치루를 꿰뚫었다.

선혈이 뿜어져 나왔다.

솟구치는 피를 뒤집어쓴 사토미가 꺅, 하고 비명을 지르며 그 자리에 쓰러졌다. 하지만 미치루는 쓰러지지 않았다. 아니, 쓰러지고 싶어도 쓰러질 수 없었다. 2미터쯤 되는 긴 철침이 목덜미와 넓적다리를 뚫고 땅에 박히는 바람에 미치루는 마치 십자가형이라도 당한 것처럼 그 자리에 고정됐다.

새하얀 옷은 빨갛게 물들었고, 목과 하얀 두 팔만 부르르 떨렸다.

"미치루!"

달려가려고 했지만 다리가 움직이지 않았다. 몸과 손도 굳어버렸다. 그저 그 자리에서 안간힘을 다해 외치는 것이 고작이었다. 다른 학생들도 비명을 지르는 통에 학교 건물 앞은 갑작스레 난장판이 됐다.

교문을 빠져나가는 스즈키의 모습이, 내게 윙크하는 스즈키의 모습이 한순간 시야에 들어왔다.

……이게 천벌?

그럼 미치루가 범인? 말도 안 돼…….

뭐가 뭔지 모르는 채 나는 정신을 잃었다.

범인

은빛 모래를 흩뿌린 듯한 하늘의 은하수. 견우성과 직녀성, 즉 독수리자리의 알타이르와 거문고자리의 베가. 거기에 백조자리의 데네브를 합쳐 밤하늘에서 한층 밝게 빛나는 여름의 큰 삼각형. 자연이 그려내는 장대한 디자인. 도코요 시의 천문대 따위는 비교도 되지 않을 만큼 웅장한 별의 파노라마. 별의 반짝임을 가까이 전해주는, 서늘하고 맑은 여름의 밤바람. 캠프장 언덕에서 히데키와 함께 조용히 바라본 그 풍경. 달빛 아래, 뻣뻣해진 다리를 끌며 캠프장으로 돌아온 길. 영원한 벗이 되겠다는 맹세. 우물 바닥에 가라앉은 내 영원한 친구.

 미치루의 손. 차갑고 부드러운 손. 커다란 시곗바늘에

꿰뚫린 미치루. 새빨갛게 물든 하얀 옷. 하늘이 쏜 화살에 맞은 살인범.

　윙크하는 '신'.

　그리고…… 천벌.

　눈을 뜨자 엄마가 걱정스럽게 내 얼굴을 들여다보고 있었다.

　"요시오!"

　엄마는 울어서 퉁퉁 붓고 충혈된 눈을 크게 뜨더니 침대에 누운 나를 끌어안았다. 구멍이 뽕뽕 뚫린 새하얀 천장에 낯선 형광등. 약품 냄새가 코를 찔렀다. 투박한 모양의 전자 기계. 엷은 레몬색 커튼. 창문 밖으로 마귀할멈 집이 있는 가미후리 산이 보였다.

　난 사흘 내내 병원에서 잠들어 있었던 모양이다. 옷도 누가 파란색 파자마로 갈아입혔다.

　"저기, 엄마. 미치루는 죽었어?"

　엄마는 잠시 머뭇거리던 끝에 그렇다고 대답했다.

　꿈이 아니었다.

　"커다란 시곗바늘이 떨어져서 미치루가……."

　"지금은 푹 쉬렴."

엄마는 일어나려던 나를 도로 눕히더니 이불을 어깨까지 끌어올려 덮어주었다.

"요시오, 넌 지쳤어. 아무 생각도 안 하는 게 좋아."

엄마가 다정하게 타일렀지만, 나는 보고 말았다. 눈앞에서 보고야 말았다. 그리고 알아버렸다……. 그것이 천벌이었음을.

"가르쳐줘, 엄마. 사고였어?"

팔을 붙잡고 끈질기게 묻자 엄마는 마지못해 고개를 끄덕였다.

"그래. 시계가 낡아서 축을 고정하는 나사가 헐거워졌다나 봐. 반년 전에 업자가 점검했다는데, 날림으로 점검한 것 아니냐고 지금 난리야."

미치루의 장례식은 이미 어제 끝났다고 한다. 미치루 엄마는 울면서 관 속의 차가운 미치루에게 끝까지 매달렸다고 한다.

"히데키 사건에 이어서 또 슬픈 이별을 하게 됐지만, 정신 똑바로 차려야 해. 네가 없으면 난."

"저기, 엄마…… 난 진짜 엄마 아빠 아들이야?"

문득 그런 말이 입에서 흘러나왔다. 지금까지는 대수롭지 않게 여겼던 신의 말.

"무슨…… 소릴 하는 거니. 누가 그딴 소리를 했는지는 모르겠지만, 이럴 때 농담하는 거 아니야."

예상대로 혼이 났다. 하지만 엄마의 화난 얼굴에 당혹한 기색이 역력했다.

정말이었다.

"미안해."

나는 순순히 사과했다. 신이 가르쳐줬다고 해도 믿지 않으리라. 만약 엄마가 웃어넘겼다고 해도 결과는 마찬가지다. 더 이상 의심할 여지가 없다. 미치루가 그렇게 죽었으니까. 스즈키는 신이니까.

그리고…… 미치루는 히데키를 죽인 범인이다.

내가 엄마 아빠의 진짜 아들이 아니라는 것보다, 미치루가 사고를 당했다는 것보다, 그게 제일 가슴 아팠다.

뒤뜰에서 꼭 잡았던 그 손은 뭐였을까. 그 하얗고 부드러운 손은. 나는 터져 나올 것만 같은 눈물을 꾹 참았다.

"요시오가 깨어났다고 아빠한테 전화하고 올게. 엄마도 그렇지만, 아빠도 네 걱정이 이만저만 아니었어."

내가 안정된 걸 보고 엄마는 병실에서 나갔다.

조용한 병실에 홀로 남겨졌다. 에어컨이 작동되는 소리와 슬리퍼를 신고 탁탁 걷는 소리가 문밖에서 희미하게 들려올 뿐이었다. 어쩐지 지금까지와는 다른, 쓸쓸한 세계로 순간 이동한 것 같았다.

……천벌.

범인은 미치루였다. 믿고 싶지 않지만 사실이리라. 신이 그렇게 말했으니까. 신 말고 그런 벌을 내릴 수 있는 사람은 없다. 신은 뭐든지 할 수 있고 틀리지 않는다. 내가 히데키의 원수를 갚아달라고 부탁했고 신은 내 부탁을 들어줬다. 그런 광경을 봤으니 믿을 수밖에.

그런데 미치루는 어째서 히데키를 죽였을까?

두 사람은 친하지 않았지만, 사이가 나쁘지도 않았다. 히데키는 나와 미치루가 잘되기를 바란다고까지 했다. 혹시 나랑 사귀라고 윽박지른 걸까. 그래서 두 사람이 말다툼하다가…….

바로 말도 안 되는 생각임을 깨달았다. 자기 여자친구가 되라고 강요했다면 모를까, 다른 사람과 맺어주려 했다고 살인이 일어날 만큼 싸움을 벌일 리 없다.

그렇다면 본부가 발견돼서?

그것도 말이 안 된다. 소년 탐정단에 깊은 애착을 가지고 있는 다카시라면 모를까, 미치루가 탐정단을 지키기 위해 히데키의 입을 막을 이유가 없다. 애초에 미치루는 사토미가 억지로 탐정단에 끌어들이지 않았나.

아무리 따져봐도 짐작이 가지 않았다.

그때 엄마가 되돌아왔다. 저녁밥을 준비하러 집에 간다고 했다. 사흘 내내 병원을 오가느라 아빠를 챙기지 못한 모양이다. 아빠는 일 때문에 오늘 못 오지만 내일은 올 수 있다고 했다.

"난 괜찮아. 간호사 누나도 있잖아."

걱정스러운 듯 몇 번이나 되돌아보는 엄마를 안심시키고 나는 다시 침대에 누웠다. 몸이 정말 무거웠다. 몸이 아파서 그런 게 아니라 마음이 아파서였다.

저녁에 채소로 가득한, 빈말로도 맛있다고는 할 수 없는 병원 밥을 먹은 후 다시 생각에 잠겼다. 8시까지는 텔레비전을 봐도 된다고 했지만, 평소는 재미있던 퀴즈 방송도 오늘은 볼 기분이 들지 않았다. 그저 조용히 생각에 잠기고 싶었다.

창밖으로 땅거미가 진 가미후리 산이 보였다. 저 산 어딘가에 있을 마귀할멈 집. 거기서 히데키는 미치루에게 살해당했다.

하지만 범인을 알아도 수수께끼는 여전히 잔뜩 남아 있었다.

미치루가 범인이었다고 치고, 어쩌다 그렇게 된 걸까?

미치루는 그날 학교를 쉬었으니까 한발 먼저 본부에 갈 수 있었다. 미치루는 숫자 자물쇠의 비밀번호를 안다. 어쩌면 히데키와 미치루는 사귀고 있었는지도 모른다. 모두에게 들키고 싶지 않아서 모임이 없는 날에 본부에서 몰래 만났을 수도 있다. 그때 무슨 일이 벌어져서 히데키를 죽이고 말았다.

히데키는 날 배신한 걸까. 잘되기를 바란다고 듣기 좋은 소리를 하면서. 아니, ……지금 그 점은 깊이 생각하지 말기로 하자. 의심하면 할수록 한도 끝도 없이 우울해질 뿐이다.

문제는 그다음이다. 미치루가 히데키를 밀어서 우물에 빠뜨리고…… 아니다, 신은 다른 곳에서 죽이고 우물에 빠뜨렸다고 했다. 그렇다면 본부에서 죽인 다음에 우물로 옮겨서 빠뜨렸으리라. 그렇다면 어떻게 뒤뜰에서 걸쇠를 걸었을까. 히데키의 죽음을 사고사로 위장하기 위해서였겠지만 방법은 짐작이 가지 않았다.

미치루는 몸집이 작으니까 우물 덮개 밑에 숨을 수 있다. 하지만 미치루는 우리와 같이 있었다. 한 가지 더. 애당초 우리는 도시야가 히데키를 목격해서 본부에 모였다.

그건 어떻게 설명하면 될까.

만약 도시야가 본 사람이 다른 사람이었다면……. 혹시 히데키를 죽이고 서둘러 자기 집으로 돌아가던 미치루의 모습?

하지만 꾸미기 좋아하는 미치루는 반바지 같은 걸 절대로 입지 않고 야구모자도 쓰지 않는다.

그렇다면 본부를 발견한 사람이 한 명 더 있었을까. 그 녀석이 현장을 보고 놀라서 도망친 걸까.

아니다, 그런 가설은 안 된다. 어쨌거나 그 스페셜 티셔츠는 히데키의 옷이니까.

범인은 미치루다. 그런데 어떻게 히데키를 죽이고 뒤뜰을 밀실 상태로 만들었을까. 생각하면 할수록 모를 일 천지였다.

그날 밤 나는 잠을 거의 이루지 못했다.

• ◈ •

다음 날, 다카시와 고이치 형이 병문안을 왔다. 고이치 형은 사토미를 병문안하러 왔다가 다카시와 맞닥뜨렸다고 한다.

사토미도 이 병원에 입원했다고 한다. 생각해보면 나보다 사토미가 훨씬 충격이 심할 것이다. 정말 친한 친구인 미치루가 죽는 걸 바로 옆에서 목격했을 뿐 아니라, 피를 잔뜩 뒤집어썼다. 성격이 드세다지만 아직 충격에서 벗어나지 못해 말도 제대로 못 하는 모양이었다.

"아키야 가이가 붙잡혔어. 어젯밤에 또 고양이를 죽이려다 체포됐다나 봐. 이제 미치루도 편안히 눈감을 수 있겠다."

다카시는 그렇게 말하고 병문안 선물로 가져온 가미후리 만주(밀가루, 쌀 등의 반죽에 고구마, 밤 등의 소를 넣은 화과자-옮긴이)를 내 머리맡에 놓았다.

"정말? 그러면 히데키 사건은?"

"전혀." 다카시는 고개를 저었다. "신문에 아무 기사도 나지 않았으니까 아무 관계 없는지도 몰라. 아무래도 형사는 아키야를 확실히 미행했던 모양이고."

"그렇구나……."

미치루가 범인이 아니면 좋겠다. 내가 그런 일말의 희망에 매달려 있었음을 새삼 깨달았다.

커튼을 걷자 찌르는 듯한 여름 햇살이 실내로 들어왔다.

나는 햇살을 받으며 말했다.

"저기, 다카시. 히데키를 죽인 범인이 어떻게 바깥쪽 걸쇠를 걸었다고 생각해?"

"굳이 지금……."

고이치 형이 손을 들어 다카시의 말을 막았다.

"그래. 나도 생각해봤는데……."

거스르지 말고 상대하는 편이 낫겠다고 생각했으리라. 고이치 형은 기다란 등을 접듯이 구부리고 옆에 있던 동그란 의자에 앉아 감정을 억누른 듯한 목소리로 부드럽게 말했다.

"예를 들면 말이야. 너희들이 뒷문의 걸쇠를 부수고 들어갔을 때, 범인이 문 뒤쪽에 숨어 있었을 가능성은 없을까?"

"말도 안 돼요. 난 미치루가 문을 닫는 모습을 봤다고요. 숨을 장소도 여유도 없었어요."

미치루가 범인이다. 아키야 가이 때처럼 그 사실을 알려주면 고이치 형은 다른 추리를 할 수 있을지도 모른다. 하지만 입 밖에 낼 수는 없었다. 스즈키가 신이고 그 신이 미치루에게 천벌을 내렸다고 말해봤자 충격으로 머리가 이상해졌다고 불쌍해할 뿐이리라.

"그렇다면 범인은 그 이전에 도망쳤다는 소린데. 난 마귀할멈 집을 본 적이 없어서. 한번 보면 좋은 생각이 날 텐데 말이야. 그림을 대충 그려주지 않을래?"

다카시가 자기 노트를 찢어서 뒤뜰의 평면도를 간략하게 그렸다. 고이치 형은 그림을 물끄러미 바라보다가 입을 열었다.

"담장은 넘을 수 없다고 했었고. 그럼 광의 지붕은?"

"거기에도 흔적은 없었다고 그랬지?"

내가 운을 떼자 응, 하고 다카시도 동의했다.

"광뿐만 아니라 마귀할멈 집의 지붕도 조사했다고 들은 것 같아."

"그렇구나. 그렇다면 문을 제외하면 말 그대로 날아서 도망쳤다고 봐야 할 상황이네."

"기구氣球라도 타고 도망쳤나?"

다카시가 중얼거렸다. 분명 다비레인저에게 추격당하던 차르 남작이 그렇게 도망쳤다. 잘 있거라, 하고 드높이 웃으면서.

"뭐, 그건 마지막 카드로 남겨두자고."

고이치 형은 쓴웃음을 지었다. 우리 동네에 기구가 날아다녔다면 바로 소문이 퍼졌으리라. 게다가 미치루는 고소

공포증이 있어서 기구는 못 탄다.

"기구가 오케이라면 무선 조종 헬리콥터로 걸쇠에 건 끈을 잡아당겼다고 해도 말이 되겠지만, 이 사건은 아무래도 돌발적인 범행 같다는 생각이 들어. 사전에 그런 준비를 할 수 없었을 만큼."

"어째서요?"

의아하다는 표정으로 다카시가 물었을 때 젊은 간호사가 들어왔다. 간호사 앞에서 살인사건 이야기를 할 수는 없어서 우리는 대화를 중단했다.

간호사는 내 체온을 잰 후에 "이제 괜찮네" 하고 미소 짓고는 병실에서 나갔다. 탁탁탁, 하고 복도에서 나는 발소리가 작아졌다. 고이치 형이 으흠, 하고 헛기침을 한번 하고 말을 이었다.

"히데키의 가방이 입구에 있었으니까. 아마 히데키는 가방을 놓고 마귀할멈 집에 들어갔다가 사건에 휘말렸을 거야. 그래서 범인은 히데키의 가방이 있는 줄 몰랐겠지. 만약 계획범죄라서 범인이 히데키와 함께 마귀할멈 집에 들어갔다면 가방을 챙겼을 테고, 집 안에서 만나기로 했다면 히데키가 가방을 밖에 놔둘 이유가 없지. 히데키는 안쪽 상황을 살피려고 가방을 잠시 놔뒀을 거야."

그렇다. 가방을 완전히 깜빡했다. 그렇다면 히데키가 본부에서 미치루와 만나기로 한 건 아니다. 한순간이나마 의심해서 미안하다고 속으로 히데키에게 사과했다.

"그러니까 밀실은 더 단순한 방법으로 만들었을 거야."

"실이나 끈 같은 걸로요?"

그러자 고이치 형이 아닌 다카시가 "그건 아냐" 하고 고개를 저었다.

"어째서?"

"실은 어제 마귀할멈 집을 조사해봤어. 모두 이래저래 힘들었잖아. 나라도 어떻게든 해야겠다 싶어서……."

다카시는 쑥스러운 듯 뒷머리를 긁적였다.

"실을 묶거나 해서 걸쇠를 걸어보려고 했는데 잘 안되더라고. 그 문, 낡았는데도 의외로 빈틈이 없었어."

"그럼 실도 제외해야겠네. 뭐, 실 같은 걸로 간단히 해결할 수 있는 문제라면 경찰도 알아차렸을 테지만."

고이치 형은 아까 전 그림에 실이라고 적고 그 위에 커다랗게 가위표를 쳤다.

"그것보다도 뒤뜰에서 알아차린 게 있어."

다카시가 목소리를 낮추더니 병실 문을 힐끔 쳐다보고 인기척이 없음을 확인한 후, 말을 이었다.

"히데키의 모자가 우물 옆에 떨어져 있었잖아. 그거, 우물에서 처음 히데키를 발견했을 때는 없었던 것 같아. 다시 우물로 갔을 때는 떨어져 있던 게 확실히 기억나는데 말이야."

한순간 무슨 소리인지 이해가 되지 않았다. 무슨 뜻인지 바로 알아차린 사람은 고이치 형이었다. 고이치 형은 가느다란 눈을 두세 번 깜박이더니 흠, 하고 턱을 문질렀다.

"그렇다면 두 번째로 갔을 때 모자가 갑자기 나타났다는 말이로군. 그럼 범인은 너희가 들어갔을 때 아직 뒤뜰 어딘가에 숨어 있었다는 소리야."

"역시 그렇게 되나요. 하긴 처음에 그 모자가 눈에 들어왔다면 우물에 스노우치가 아니라 히데키가 숨어 있었을 거라고 여겼을 테니."

다카시는 미간을 찡그린 채 혼란스러워했다. 하지만 나는 더 혼란스러웠다. 미치루는 우물에 다가가지 않았다. 제일 뒤에 있다가 가장 먼저 도망쳤다. 모자를 우물까지 내던질 수도 없었을 것이다. 그렇다면 모자는 어디서 튀어나왔다는 말인가.

다카시는 뒤뜰에 처음 들어갔을 때 모자가 없었다고 했다. 나는 당시 상황을 떠올리려고 애썼다. 하지만 전혀 기억에 없었다. 모자가 우물 바로 뒤에 떨어져 있어서 내 위치에서는 보이지 않았기 때문이다. 다카시는 키가 커서 뒤쪽까지 보인다. 그래서 알아차렸으리라.

"어쩌면 도시야가 목격한 히데키의 뒷모습과 관계있을지도 몰라."

갑자기 고이치 형이 그렇게 말했다. 듣고 보니 과연 그랬다. 도시야가 본 히데키는 골든이글스 모자를 쓰고 있었다. 고이치 형은 단편적인 다양한 정보를 필요할 때 필요한 것끼리 이을 수 있는 모양이었다. 부러웠다.

"도시야가 본 건 가짜 히데키였다는 말인가요? 하지만 모자뿐만 아니라 다비레인저의 스페셜 티셔츠도 입고 있었는걸요."

고이치 형은 손바닥을 앞으로 내밀어 기다리라는 자세를 취하더니 고개를 약간 숙이고 눈을 감았다.

얌전히 30초 정도 기다렸을까. 고이치 형이 눈을 번쩍 뜨고 말했다.

"너희들이 처음으로 히데키를 발견했을 때, 히데키는 머리만 물 밖으로 나와 있었지. 우물물은 탁했고 수면은 수초로 뒤덮여 있었어."

"네." 다카시가 고개를 크게 끄덕였다.

"그렇다면 이렇게 생각할 수는 없을까. 그때 히데키는 스페셜 티셔츠를 입지 않은 알몸이었다고. 그리고 나중에 다른 사람이 옷을 입힌 거지. 즉, 도시야가 목격한 건 히데키의 모자를 쓰고 티셔츠를 입은 다른 사람이었던 거야."

"범인이 히데키로 변장했다고요? 어째서 그런 번거로운 짓을?"

"거기까지는 아직 모르겠어. 알리바이를 만들려고 한 것도 아닌 듯한데. 그런 짓을 하지 않았다면 도시야에게 목격당하지도 않았을 테고, 그럼 히데키도 더 늦게 발견됐을 거야. 그 부분이 아무래도 모순점이란 말이지. 게다가 그 다음에 어떻게 너희의 눈을 속이고 옷을 입혔는지도 모르겠고. 아직 수수께끼투성이야."

"잠깐만요. 그럼 범인은 아이였다는 말이에요!"

그제야 알아차렸는지 다카시가 소리를 질렀다.

"그도 그럴 것이, 어른이었다면 도시야가 잘못 봤을 리 없잖아."

나는 그렇게 말했다.

"그럴지도 모르지."

고이치 형도 믿고 싶지 않다는 말투로 덧붙였다.

범인은 아이. 우물 덮개 밑에 들어갈 수 있을 만한…….

내가 덮개를 사용한 트릭을 알려주려고 했을 때, 엄마가 들어왔다. 두 사람을 보고 일부러 와줘서 고맙다며 감사 인사를 했다.

"……오늘은 일단 돌아갈게. 자세한 일은 다음에 또."

엄마 앞에서 히데키 이야기를 할 수는 없다. 다음 이야기는 퇴원하고 곳간에서 하자는 뜻이리라. 두 사람은 엄마에게 인사하고 병실에서 나갔다.

"저기 다카시."

나는 문손잡이에 손을 댄 다카시를 불러 세웠다.

"스즈키의 전화번호 알아?"

"스즈키…… 그 전학생 말이야? 모르는데. 전학 온 지 얼마 안 돼서 아직 주소록에 안 실렸을 것 같은데. 사와다 선생님한테 물어보면 알 수 있을지도 몰라. 그건 왜?"

"아냐, 모르면 됐어."

신의 전화번호는 아무도 모르지 않을까. 어쩐지 그런 기분이 들었다.

"싱겁기는. 빨리 나아야 해."

다카시는 마치 경례하듯이 손을 흔들더니 병실에서 나갔다. 고이치 형도 고개를 살짝 숙인 후 떠났다.

"친구가 병문안도 오고, 기분 좋았겠네. 다카시 말고 다른 한 명은 누구니?"

 흐트러진 이불을 바로잡아주며 엄마가 기쁜 듯이 물었다. 하지만 나는 건성으로 대답하며 얼버무렸다. 새로운 사실들로 머릿속이 뒤죽박죽이었다.

새벽이 오기 전, 아직 세상이 고요히 잠들어 있는 어중간한 시간에 잠이 깼다. 어제 일이 머리에서 떠나지 않은 탓이다.

고이치 형은 도시야가 본 히데키는 다른 사람이라고 추리했다. 스페셜 티셔츠를 입고 골든이글스 모자를 쓴 다른 아이라고.

미치루다. 미치루밖에 없다. 미치루는 머리가 짧으니까 모자를 쓰면 남자치고 머리가 긴 편인 히데키와 거의 구분이 가지 않는다.

고이치 형은 티셔츠 이야기만 했지만 분명 반바지도 히데키 것이리라. 미치루는 항상 치마만 입으니까. 만약 처음 발견했을 때, 용기를 내서 히데키를 건져냈다면……. 분명 위는 알몸이고 아래에는 팬티 한 장만 걸친 모습이 드러났을 텐데.

그런데 왜 미치루가 그런 짓을.

고이치 형과 마찬가지로 나도 영문을 알 수가 없었다. 마귀할멈 집에서 히데키를 죽였더라도 그대로 도망치면 그만이다. 히데키로 변장해서 뭘 어쩔 생각이었을까. 만약 아는 사람한테 들켰다면, 만약 도시야가 뒤쪽이 아니라 정면에서 목격했다면 끝장이다. 그런 위험을 무릅쓰면서까지 미치루는 무엇을 하려 했을까.

게다가…… 우물에서 건져냈을 때 히데키는 티셔츠와 바지를 입고 있었다. 모자도 우물 옆에 떨어져 있었다. 즉, 우리가 공터로 물러나 벌벌 떨고 있었을 때, 범인은 뒤뜰에서 히데키에게 옷을 입혔다는 말이다.

어떻게 된 거지? 범인은 미치루가 아닌가…….

문득 그날 미치루가 치마에 유난히 신경 쓰던 모습이 떠올랐다. 지금까지는 치맛자락이 젖을까 봐 그랬다고 단순하게 생각했지만, 어쩌면 다른 이유가 있었는지도 모른다. 미치루는 빈손이었다. 하지만 긴 치마 아래에 히데키의 반바지를 입고 티셔츠를 감고 있었다면…….

어쩌면 미치루는 누군가에게 히데키의 옷을 전하러 온 건가?

그제야 전부 다 알아낸 것 같았다. 범인이 어떻게 걸쇠가 걸린 뒤뜰에서 빠져나갈 수 있었는지. 우리가 들어갔을 때 어떻게 뒤뜰에 숨어 있을 수 있었는지. 그리고 누가 그랬는지…….

알아내고 말았다.

그리고…… 몰랐으면 좋았을걸, 하고 후회했다. 꿈이라면 좋을 텐데, 하고 한탄했다.

컴컴한 병실에서 나는 이불을 머리까지 뒤집어쓰고 눈을 질끈 감았다.

아침이 찾아왔다. 우울한 기분을 조금이라도 달래려고 몸을 일으켜 텔레비전을 켰다. 마침 다비레인저가 할 시간이었다.

하지만 시간이 됐는데도 다비레인저가 시작되지 않았다. 아니, 자세히 보니 이미 시작됐다. 다만 여느 때와 달랐다. 다섯 명이 모여 떠들썩하게 시작되는 평소의 오프닝 대신 갑자기 본부를 배경으로 탈무드 사령관이 홀로 나타났다. 사령관은 정면을 향해 평상시보다 낮은 목소리로 말했다.

"다들 언제나 다비레인저를 응원해줘서 고맙구먼. 실은 레드다비와 블루다비가 갑자기 방송에 나올 수 없게 되었다오. 두 사람이 언제 다시 여러분 앞으로 돌아올 수 있을지, 솔직히 말해 이 몸도 잘 모르겠소. 그래서 오늘은 여러분한테 우리가 지금까지 활약해온 장면을 다시 보여주려 한다네."

그러더니 느닷없이 반년 전에 본 장면이 나왔다. 세뇌된 지구방위군이 기관총으로 시민들을 마구 쏘아 죽이는 1화 장면이다. 그 후 살아남은 다섯 명이 바다를 가르고 나타난 사령관의 가르침을 받고 다비레인저가 되는데…… 어쩐 일인지 그 장면은 없었다. 다음 장면에서 그들은 이미 변신을 마치고 모두 제노사이드 로봇에 탑승했다. 그리고 로봇이 필살기인 파이널 예시바를 발사할 때 레드다비가 항상 외치던 '파이널 제노사이드!'라는 대사도 지워져 있었다.

뭐가 뭔지 몰라서 텔레비전을 껐다.

어느 틈엔가 병실 입구에 스즈키, 아니 신이 서 있었다. 이른 아침의 조용한 병원. 벽과 바닥 타일을 크림색으로 칠한 살풍경한 병실. 그런 배경에 녹아들 듯 신은 잠자코

서 있었다. 문이 열리는 기척도 나지 않았는데, 언제 나타났을까?

"병문안 왔어. 하지만 오늘 퇴원하는구나. 축하해."

신은 여전히 무표정한 얼굴로 말했다. 나직하고 작은 목소리. 여름인데도 서늘한 공기가 흘렀다.

"다비레인저, 어떻게 된 거야?"

엉겁결에 나는 그렇게 물었다.

"레드다비랑 블루다비는 음주 운전을 하다 뺑소니를 쳐서 사람을 죽였어. 그래서 어제 경찰에 체포됐지."

"거짓말!"

믿고 싶지 않았다. 정의의 사자가, 지구의 평화를 지키는 다비레인저가 그런 짓을.

하지만 신은 희미하게 웃더니 말을 이었다.

"둘 다 그냥 연기를 했을 뿐이니까. 실제로는 아무렇지 않게 뺑소니를 치는 놈들이었던 거야. 그뿐이야."

그딴 건 안다. 레드다비든 블루다비든 드라마 속에서 배우가 연기하고 있을 뿐이라는 사실은 안다. 하지만, 하지만, 하지만 믿고 싶지 않았다.

"다비레인저, 끝나?"

"새로운 배우가 대신 들어와. 지금까지의 레드다비와 블루다비는 두 번 다시 만날 수 없겠지만."

"……스즈키. 너랑 만나면 난 불행해질 뿐이구나."

나는 눈을 내리깔고 불쑥 그렇게 말했다.

"그렇지 않아."

문간에 선 채 신이 말했다.

"나랑 만나지 않았어도 똑같지. 히데키는 살해당했을 거고, 다비레인저는 휴방됐을 거야."

"하지만 미치루는 안 죽었을 거야."

"그러기를 바랐어?"

대답할 수 없었다. 히데키를 죽인 미치루가 태평하게 살아간다면……. 나를 속이고 함께 마귀할멈 집에 간 미치루. 속으로는 혀를 쏙 내밀고 있었을까? 그리고 그런 식으로 나를 계속 속이며…….

그런 미치루를 짝사랑하는 나. 가슴이 두근두근하는 나. 과연 그런 상황을 두고 행복하다고 할 수 있을까. 알 수 없었다.

"스즈키. 미치루가 히데키를 죽였지?"

"그래. 아직도 의심스러워?"

아니, 하고 나는 고개를 저었다.

"이제 의심 안 해. 스즈키가 천벌을 내리고 나서부터는.

하지만 공범자가 한 명 더 있었을 거야."

히데키를 죽음으로 내몬 건 미치루이리라. 신이 그렇게 말했으니 틀림없다. 그러니까 공범자가 있었다고 생각하면 앞뒤가 맞는다. 뒷문 걸쇠를 걸고, 나중에 히데키에게 티셔츠와 바지를 입힌 공범자. 미치루에게 지혜를 빌려준 공범자.

어제까지만 해도 범인은 한 명인 줄 알았다. 그래서 히데키를 죽인 사람에게 벌을 내려달라고 스즈키에게 부탁했다. 히데키를 직접 죽이지는 않았어도 뒤처리를 도운 공범자가 있었다는 사실은 몰랐다.

"맞아." 신은 시원스레 긍정했다.

왜 그날 이야기해주지 않았느냐고는 묻지 않았다. 신은 늘 따분한 탓에 좀 짓궂다. 이제야 나도 신의 성격을 이해했다. 거짓말은 하지 않지만, 사실을 숨김없이 알려주지도 않는다.

"뻔뻔한 부탁일지도 모르지만, 만약 가능하다면 그 공범자한테도 천벌을 내려주지 않을래?"

신의 차분한 눈을 바라보며 나는 목소리를 쥐어짜서 부탁했다. 신도 내 눈을 가만히 바라보았다. 이번에는 시선을 피하지 않았다.

"너랑 이야기할 수 있어서 즐거웠어. 보답으로 소원을 하나 더 들어주는 건 상관없는데. 정말 그러고 싶어?"

이대로 바닥으로 가라앉아 사라져도 신기하지 않을 만큼 너무나 존재감 없는 모습으로 신은 물었다.

이 신은 정말로 눈앞에 존재하는 걸까? 끌어안으면 안개처럼 사라지지는 않을까?

그러고 보니 예전에 신은 우리가 생각하는 '모습'으로 존재하는 게 아니라고 했었다. 몇십 년이 지나도 나는 이해하지 못할 거라고도.

"……난 괜찮아. 어차피 이 세상에 좋은 일 따위는 없으니까."

"알았어. 네 소원을 들어줄게."

신은 여전히 문간에 선 채로 고개를 천천히 끄덕였다.

"정말?"

"전에도 말했잖아. 나는 절대 거짓말 안 해."

"고마워, 스즈키."

눈물이 쏟아질 것 같았다. 하지만 울지 않았다. 나는 눈가에 힘을 주어 눈물을 꾹 참으며 말했다.

"……하나 물어봐도 될까. 미치루는 왜 히데키를 죽인 거야?"

"야한 짓을 하는 현장을 들켰거든. 평소 미치루는 모임이 없는 날에 그 집에서 공범자와 야한 짓을 했어. 그날 학원에 가던 히데키는 미치루가 현도를 올라가는 모습을 보고 탐정단 모임에 가는 줄 알고 뒤를 밟았지. 그리고 마귀할멈 집을 엿보다가 미치루한테 들키고 말았어. 미치루는 곧바로 히데키에게 덤벼들었고, 히데키는 봉당에 머리를 세게 부딪혀서 그대로 죽었어."

"그럼 사고였던 거야?

"아니, 살의는 있었어. 미치루는 히데키의 목을 조르려고 덤벼들었거든. 머리를 부딪혀서 죽지 않았다면 그대로 목을 졸랐겠지."

"그런 일 때문에 히데키가 죽어야 했다니."

"들키면 얼마나 큰 소동이 벌어졌을지는 너도 잘 알 텐데. 나한테 천벌을 부탁할 정도니까 말이야."

난 아무 말도 하지 못했다. 신과 시선을 마주칠 수도 없었다.

"하나만 더 물어봐도 돼? 미치루는 왜 히데키의 옷을 입고 도망친 거야?"

이불을 꽉 움켜쥐고 고개를 숙인 채 물었다.

"히데키는 머리를 부딪혔을 때 코피가 났어. 그 피가 미치루의 하얀 옷과 치마에 묻었지. 그대로 두면 너무 눈에 띄니까 집에 돌아가서 옷을 갈아입으려고 히데키의 윗도리와 바지, 모자를 빌린 거야. 미치루는 그 티셔츠가 얼마나 귀한 물건인지 몰랐거든. 그리고 그 모습을 도시야가 우연히 목격한 거고."

시곗바늘에 꿰뚫린 미치루의 모습이 머릿속에 되살아났다. 새하얀 옷이 피로 새빨갛게 물들었다. 하얀 바탕에서 한층 돋보이는 빨강. 그다지 많이 묻지는 않았겠지만, 피가 묻은 옷을 입고 바깥을 돌아다닐 수는 없었으리라. 그렇다면 우리가 모였을 때 미치루는 이미 새 옷으로 갈아입었다는 뜻이다. 그날은 학교를 빠져서 아무도 미치루가 옷을 갈아입은 줄은 몰랐지만.

"그럼 만약 도시야가 목격하지 못해서 우리가 본부에 가지 않았다면 뒤뜰에서 그런 일이 벌어지지도 않았겠네?"

"아마 깊은 산속에라도 파묻고 행방불명으로 꾸미려고 했겠지. 현장이 마귀할멈 집이라면 아무래도 탐정단원이 의심받을 테니까. 행방불명으로 꾸미는 편이 훨씬 안전해."

신은 담담하게 뛰어난 추리를 펼쳤다. 마치 어제 본 시시한 서스펜스 드라마의 줄거리를 이야기하듯. 아니, 추리가 아니다. 신은 진실을 말하고 있을 뿐이었다.

차라리 추리인 편이 낫다. 추리라면 뒤집을 가능성이 남아 있으니까. 하지만 진실은…… 어떻게 흔들 방법이 없다. 신이 내뱉는 한마디 한마디의 진실이 화살로 변해 내 가슴을 꿰뚫었다.

나는 용기를 쥐어짜서 고개를 들고 말했다.

"……있잖아, 신. 나는 무슨 일이 있어도 서른여섯 살까지는 사는 거지?"

"그래. 넌 비행기 사고로 죽는 그날까지 절대로 죽지 않아."

신의 말이 차갑게 울려 퍼졌다. 이미 전부 결정된 사항이다.

"잘 있어. 지금까지 즐거웠다. 너랑 만나서 재미있었어."

스즈키는 처음으로 천진난만한 미소를 짓더니 조용히 병실에서 나갔다. 문이 닫히자 발소리는 들리지 않았다. 마치 그 자리에서 사라진 것처럼.

이제 다시는 신을 만날 수 없으리라. 다음 학기에는 분명 스즈키가 있었다는 사실조차 모두 잊을 것이다.

잘 가……. 나는 작게 중얼거렸다.

눈물이 뺨을 타고 흘러내리는가 싶더니 그치지 않고 계

속 쏟아졌다.

신과 헤어지는 것이 슬퍼서가 아니다. 신과 만난 것이 후회스러웠기 때문이다.

나도 전부 다 잊고 싶었다.

내일

저녁에 퇴원할 때 엄마 아빠가 함께 데리러 왔다. 아빠는 바쁘지만 어떻게든 짬을 내서 온 모양이다. 고이데 정에서 일어난 사건은 아직 해결되지 않았다. 그런데 어제도 병문안을 왔으니 꽤 무리한다 싶었다.

 그저 충격을 받아 쓰러진 만큼 진짜 중병에 걸린 환자는 아니지만, 사흘이나 깨어나지 않아서 걱정이었으리라. 어쩌면 내가 엄마한테 한 질문을 전해 들었는지도 모른다.

"오늘은 성대하게 퇴원 축하 파티를 하자. 병원에서는 변변하게 먹지도 못했잖니. 아빠도 10년 전에, 범인 차에 치여서 다리가 부러져서 입원했었거든. 그때는 감자가 완전히 뭉개진 무슨 찰흙 같은 스튜가 나오더라."

집에 가는 차 안에서 아빠는 쾌활하게 옛날이야기를 했다. 전에 없이 들뜬 목소리라 나를 신경 써주고 있다는 걸 금방 알았다.

"그런데 뭐 먹고 싶니? 초밥? 스테이크?"

"다비레인저 케이크가 좋아."

나는 바로 대답했다.

오늘은 내 진짜 생일이다. 스즈키가 가르쳐준 7월 25일. 물론 그런 말을 할 수는 없지만 속으로 혼자 몰래 축하할 작정이었다. 게다가…… 다비레인저 케이크, 그 케이크야말로 오늘이라는 날에 어울릴 것 같았다.

"케이크라." 워낙 뜻밖이라 아빠는 한순간 당황한 듯, 형사답게 매서운 눈을 동그랗게 뜨고 다시 말했다. "하지만 케이크로는 밥이 안 될 텐데. 그리고 맛있는 케이크라면 역 앞의……."

"그런 건 알아. 저녁은 뭐든지 상관없으니까 꼭 다비레인저 케이크를 먹고 싶어."

내 고집스러운 태도에 아빠는 뭐라고 한마디 하려다가 바로 부드러운 표정을 지으며 "알았다, 알았어" 하고 슈퍼에 들렀다.

방송이 중지돼서 케이크가 있을지 없을지 불안했지만,

슈퍼 주인은 사건에 무관심한 모양이었다. 진열장에는 케이크가 당당하게 진열되어 있었다.

이 세상은 정의의 사자가 사람을 죽여도 딱히 영향받지 않는다. 가슴 한구석에 허무함과 체념을 느끼면서 나는 다비레인저 케이크를 들었다.

결국 저녁으로는 초밥을 먹기로 했다.

"요시오가 아니라 당신이 좋아하는 거잖아."

엄마한테 핀잔을 들으면서도 아빠는 역 앞 초밥집에서 특상 초밥을 3인분 주문했다.

집에 돌아와 초밥을 먹은 후에 나는 마당으로 나갔다.

올려다본 하늘에는 별이 가득했다. 여름의 큰 삼각형이 한층 밝게 빛났다. 캠프장에서 보았을 때와 똑같은 빛. 집에서 봐도 별이 이렇게 가깝게 느껴지다니 미처 몰랐다.

저 별 중 어느 것이 히데키의 별일까. '우리의 맹세'는 히데키가 깨버렸지만, 나는 언제까지나 맹세를 지킬 작정이었다. 히데키가 살아 있었다면 맹세는 금방이라도 원래대로 되돌릴 수 있었으리라. 그러니 히데키도 내가 결단을 내려 신에게 부탁한 것을 알고 기뻐해주겠지.

그때 동쪽에서 쉭, 하고 커다란 별이 비스듬히 흘러갔다.

"요시오, 케이크 먹어야지. 어서 들어오렴."

엄마가 부르는 소리를 듣고 집안으로 돌아갔다. 테이블 앞에 앉자 바로 눈앞에 다비레인저 케이크가 놓였다. 케이크 한가운데에는 대원 다섯 명이 저마다 필살기를 쓰는 사진이 붙은 판이 얹혀 있었다. 그 주위로 대원 다섯 명과 탈무드 사령관 모양의 조그만 설탕 과자가 늘어서 있었다.

"촛불을 열 개 켜줘."

오냐, 오냐, 하면서 이유도 묻지 않고 엄마는 초를 꽂아주었다. 아빠처럼 오늘 밤만은 특별히 어리광을 받아줄 모양이었다. 초에 불을 다 붙이고 생일날과 똑같이 방의 불을 껐다.

어둠 속에 희미하게 떠오른 열 개의 촛불. 빨려들 것처럼 촛불을 바라보며 나는 속으로 살며시 중얼거렸다.

'해피 버스데이 투 미.'

미치루는 히데키의 스페셜 티셔츠, 반바지, 모자를 착용하고 집으로 돌아갔다. 그동안 공범자는 쭉 마귀할멈 집에 숨어 있었을 것이다. 미치루가 집에서 옷을 갈아입고 히데키의 옷을 가져오기를 기다렸을 것이다. 원래는 신이 말했듯 히데키에게 다시 옷을 입히고 다른 곳에 묻을 생각이었으리라.

하지만 도시야가 나타나는 바람에 범인은 마귀할멈 집

에 갇히는 꼴이 되고 말았다. 창문을 판자로 막아놔서 도망칠 길이라곤 현관밖에 없었기 때문이다. 더구나 미치루의 연락을 받고 우리가 마귀할멈 집에 모인다는 사실도 알았을 것이다. 몰래 도망치기 힘들 뿐만 아니라 히데키의 알몸 시체를 그대로 내버려둘 수도 없었다.

그래서 공범자는 미치루에게 지혜를 빌려주었으리라.

미치루가 범인임을 아는 지금은 여러 가지 사실이 훤히 보인다. 지금까지 알아차리지 못했던 여러 가지가.

우리가 뒷문을 열려고 했을 때 제일 늦게 온 사람은 미치루였다. 분명 그동안 치마 속에 숨겼던 히데키의 옷을 소파 뒤에라도 감췄을 것이다.

뒤뜰에서 히데키의 시체를 발견했을 때, 비명을 지르며 제일 먼저 도망친 사람도 미치루였다. 우리는 도망치는 미치루를 뒤따르듯 뒤뜰에서 공터로 달려갔다.

그때 뒤뜰에는 여전히 공범자가 남아 있었다. 미치루는 공범자가 히데키의 옷을 들고 가서 히데키에게 다시 입힐 여유를 주기 위해 우리를 유도한 것이다. 공범자는 분명 광에 숨어 있었을 것이다. 우물 덮개도 우리의 시선을 우물에 집중시키기 위해 벗겨두었으리라. 우물에서 히데키의 시체를 발견한 우리가 광 따위는 들여다보지도 않고 도망치리라는 생각에.

그리고…… 다카시가 경찰에 신고하려 했을 때, 우리 아빠에게 전화를 걸자고 제안한 사람도 미치루였다. 우리가 공터에 머물러 있는 동안 경찰이 몰려오면 공범자는 독 안에 든 쥐가 될 테니까.

그래서 우리 아빠한테 전화를 걸라고 한 것이다.

왜냐하면…… 아빠가 미치루의 공범자였으니까.

믿고 싶지 않지만, 미치루가 범인이라면 그렇게 받아들일 수밖에 없다.

나는 아빠한테 전화를 걸었다. 전화는 뒤뜰에 있는 아빠의 휴대전화로 연결됐다. 아빠는 미치루가 가져온 옷을 히데키에게 도로 입히면서 우리에게 한 번 더 히데키를 확인하라고 지시했다. 이번에는 옷을 제대로 입힌 히데키의 모습을 보여주기 위해. 자신은 마귀할멈 집에서 탈출하기 위해.

아빠는 제일 안쪽 방에 숨어 있다가 우리가 그 방을 지나쳐 뒤뜰로 나간 후 마귀할멈 집에서 빠져나간 것이다.

아빠가 내 전화를 받았을 때는 정황상 범인이 뒤뜰에 숨어 있을 가능성이 컸다. 하지만 아빠는 형사인데도 나를 억지로 뒤뜰로 돌려보냈다. 그건 히데키를 위해서가 아니라 아빠 자신을 위해서였다.

그리고 나랑 다카시 둘이 가려고 했을 때 미치루가 공터에 남기는 싫다면서 모두 함께 뒤뜰로 가자고 꼬드겼다.

광에는 발자국이 없었다. 당연하다. 안을 보고 없다고 말한 사람은 아빠니까. 그 후에 감식반이 조사했을 때도 수상한 발자국은 발견되지 않았다. 이것도 당연하다. 당당하게 남아 있는 아빠의 발자국을 보고 수상하게 여길 이유가 없기 때문이다. 그 때문에 아빠는 일부러 광을 보러 간 것이다.

집 안도 마찬가지다. 아빠의 머리카락이나 지문이 남아 있어도 아무도 이상하게 여기지 않는다. 아빠는 히데키를 우물에서 건져낸 후에 젖은 장갑을 벗고 본부에서 우리 이야기를 들었다.

사고사로 위장하기 위해, 바깥쪽 걸쇠를 걸기 위해 광에 숨을 수 있었던 사람은 아빠 말고는 없다. 미치루와 함께 우리를 교묘하게 유도할 수 있었던 사람도 아빠뿐이다.

아빠는 형사다. 나쁜 사람을 체포해 시민의 안전을 지키는 정의의 사도다. 그건 내 자랑이기도 했다.

하지만 목숨을 걸고 지구를 지키는 다비레인저도 사람을 차로 치어 죽이고 경찰에 붙잡혔다. 형사인 아빠가 미치루와 야한 짓을 하거나 히데키의 시체 처리를 돕는다고 해도…… 이상할 것 하나 없다.

그런데.

만약 우물에서 히데키를 발견했을 때, 미치루가 도망치든 말든 다카시와 내가 광을 들여다봤다면 아빠는 어떻게 했을까.

깨끗하게 죄를 인정했을까, 아니면…….

그것만은 스즈키에게 물어볼 수 없었다. 절대 알고 싶지 않았다.

나는 아빠의 진짜 아들이 아니다.

그래서…… 무서웠다.

흔들리는 촛불을 바라보며 나는 멍하니 생각했다.

'해피 버스데이 투 미.'

마음속으로 한 번 더 중얼거리고 촛불을 불었다. 될 대로 되라는 심정으로 지난번보다 살살 불었다. 하지만 촛불은 어이없게도 전부 꺼졌다. 진짜 생일을 축복한다는 듯 제일 멀리 있는 빨간 촛불까지 깔끔하게 꺼졌다.

하지만 완전히 꺼지지는 않았다.

어둠 속에서 빨간 양초의 불꽃이 내 숨결을 타고 심지에서 벗어나 허공을 미끄러져 나가는가 싶더니, 테이블 맞은

편에 앉아 있던 사람에게 옮겨붙었다. 불은 기름이라도 끼얹은 것처럼 엄청난 기세로 확 타올랐다.

한순간에 일어난 일이었다.

이게 천벌인가······.

분명 그럴 것이다. 스즈키, 아니 신이 내 소원을 바로 들어줬다.

그건 그렇고······ 이제 난 어떻게 되는 걸까?

앞을 바라보고 긍정적으로 살아갈 자신이 더는 없었다. 하지만 나는 앞으로 26년 동안, 서른여섯 살까지는 반드시 살아남을 운명이다. 신에게 그런 선고를 받은 몸이다.

무엇을 위해 계속 살아가야 하는 걸까?

산다는 건 그렇게 즐거운 일일까?

차라리 신이 없었더라면······.

한숨을 푹 내쉰 다음 순간······ 눈앞에서 펼쳐지는 광경을 믿을 수가 없었다. 뭔가 잘못됐다.

아빠가 아니라 엄마가 불타오르고 있었다.

엄마의 몸이 시뻘건 불꽃에 휩싸였다. 엄마는 두 손을 들고 작게 비명을 지르는가 싶더니, 불덩이가 된 채 의자에서 굴러떨어졌다.

"리쓰코!"

아빠는 큰 소리를 지르며 달려가 윗도리를 마구 휘두르며 불을 끄려고 애썼다.

하지만 오히려 불길이 더 커졌다. 열기와 함께 동물을 태울 때 나는 독특한 누린내가 방에 가득 찼다.

어째서 엄마가…….

"요시오. 119에 신고해. 아니, 물이다, 물을!"

허둥대는 아빠의 목소리가 공허하게 울려 퍼졌다.

어째서 엄마가…….

영문을 알 수 없었다.

하지만 발치에서는 화염에 휩싸인 엄마가 열기와 고통으로 조그마한 몸을 비비 꼬며 괴로워하고 있었다. 이제는 소리조차 지르기 힘든지 그저 입만 뻐끔거릴 뿐이었다.

이제 구하기에는 늦었다.

다만 딱 하나 확실한 것이 있다. 이것은 신이 내린 천벌의 결과이고, 신은 틀리지 않는다는 사실.

아무리 믿기지 않더라도 오직 이것만이 진실이다.

오직 이것만이…….

나는 조용히 눈을 감았다.

옮긴이의 말

이해할 수 있겠습니까?
이 무시무시한 진상을
― 아야쓰지 유키토

미스터리 랜드MYSTERY LAND는 일본의 출판사 고단샤가 2003년부터 2016년까지 발행한 시리즈로, 콘셉트이자 캐치프레이즈는 '일찍이 어린이였던 당신과 소년 소녀를 위한'이다.

한마디로 '어린이를 위한 책(또는 동심을 되살리며 읽을 책)'이다. 그래서인지 분량이 짧고, 어려운 한자가 별로 없으며, 따스하고 아기자기한 내용이 많다. 우쓰노미야 시립 도서관이 수여하는 아동문학상인 '우쓰노미야 어린이상'을 받은 작품도 네 작품이나 된다.

그러나 여러 작가가 참여하다 보면 시리즈의 틀을 깨는 작가가 나오기 마련이다. 그 작가가 마야 유타카였다고 하면 "그럼 그렇지" 하고 고개를 끄덕이는 독자도 많지 않을까 생각해본다.

'탐정은 절대적 존재'라는 것이 본격 미스터리의 기본 원리다. 사건의 진상을 모조리 알고 있으니 '신'에 비견할 수 있을지도 모르겠다. 그러나 마야 유타카는 '과연 탐정은 신이 될 수 있는가?'라는 의문을 바탕으로 미스터리 소설의 절대자인 명탐정의 위치를 가늠해왔다. 그리고 이 의문에 대한 일종의 해답을 제시한 작품이 바로 미스터리 랜드 시리즈 중 하나인 《신 게임》이라 할 수 있겠다. 왜냐하면 이 작품에는 사건의 진상을 밝혀주는 '신'이 등장하기 때문이다.

작품의 주인공인 요시오는 같은 초등학교에 다니는 소년 탐정단 친구들과 함께 사건에 도전하지만, 사건은 초등학생들이 감당할 수 있는 수준이 아니다. 결국 요시오는 자칭 '신'인 같은 반 스즈키에게 답을 묻고, 스즈키는 말과 천벌이라는 방법으로 요시오에게 진상을 알려준다. 문제는 탐정 역할을 맡은 신이 절대로 친절하지는 않다는 점이다. 진상은 알려주되 사건 해결 과정을 논리적으로 설명해주지는 않는다.

그러나 전지전능한 신은 궁극의 명탐정이므로 그의 대답에 오류는 없다. 요시오는 먼저 제시된 '진상'에 부합하는 '추리'를 구축해야 하는, 일반적인 추리소설과는 정반대의 상황에 빠진다. 그야말로 신본격 미스터리계의 파천황, 마야 유타카다운 전개라 할 수 있겠다.

신이 제시한 진상에 맞게 사건을 추리하는 과정에서 요시오는 충격적인 사실에 다다르고 그의 인생은 급변한다. 과연 이것을 성장이라고 할 수 있을까. 그것도 모자라 결말에서는 더욱 강렬한 충격이 기다리고 있다. '일찍이 어린이였던 당신'이라면 몰라도, 확실히 '소년 소녀'에게 권할 만한 책은 아니다. 이처럼 여러모로 독특한 문제작인 《신 게임》은 '독서 미터(일본에서 가장 큰 독서 기록 및 관리 사이트)'에서 마야 유타카의 작품 중 '추천 랭킹' 1위를 달리고 있다. 그만큼 팬들의 관심이 뜨겁다는 뜻이겠다.

그런데 과연 이 작품에 제시된 진상과 결말을 곧이곧대로 받아들여도 될까?

※작품의 진상과 결말을 언급하고 있으니 책 본문을 먼저 읽어주시기 바랍니다.

요시오의 친구 히데키를 죽인 범인은 미치루고, 미치루에게는 공범이 있었다. 요시오는 그 공범이 아빠라고 믿고서 신에게 천벌을 내려달라고 한다. 그런데 결말 부분에서 천벌을 받아 불탄 건 아빠가 아니라 엄마였다.

신의 말이 틀리지 않는다면 미치루의 공범은 엄마라는 뜻이다. 과연 사건의 흐름상 그게 가능할까? 본문을 보면 엄마는 아빠보다 몸집이 훨씬 작고, 엄마가 작아서 요시오도 작다는 설명이 나온다. 그리고 결말에서도 엄마는 불타면서 조그마한 몸을 비비 꼰다. 이렇듯 몸집이 작은 엄마가 사건 현장의 우물 덮개 밑에 들어가 있었다면, 엄마는 미치루의 공범이 될 수 있다.

다만 스즈키가 진짜 신인지 의심스럽기도 하다. 스즈키가 신이라는 건 어디까지나 본인의 주장이다. 정황상 신일 것 같기는 하지만 100퍼센트 확실하진 않다. 만약 스즈키가 진짜 신이 아니라면 그가 제시한 진실에는 오류가 있을 수도 있다.

그렇다면 역시 아빠가 의심스럽다. 아빠는 우물에서 히데키의 시신을 건진 후 장갑을 벗었다(현장에 자신의 지문이 있어도 이상하지 않도록). 그리고 우물에서 히데키를 건져 올려 다시 옷을 입히는 것도 아빠가 아니면 불가능할 것이다

(몸집이 작은 엄마에게는 힘들지도). 이렇듯 엇갈리는 진상도 독자들 사이에서 화제를 불러일으킨 요인 중 하나라고 할 수 있겠다.

요시오는 '다만 딱 하나 확실한 것이 있다. 이것은 신이 내린 천벌의 결과이고, 신은 틀리지 않는다는 사실'이라면서 신을 믿기로 하고 결과를 받아들인다.

나는 요시오처럼 신의 말이 옳다고 생각하고 책을 덮었다. 신이 존재하는 세상에서 진상을 도출하려면 단서나 추리가 아니라 믿음이 필요하지 않을까 생각하면서. 과연 여러분은 어떨까. 한국 독자들도 《신 게임》을 읽고 갑론을박을 펼쳐주시길 바라며 이만 줄인다.

2025년 11월

김은모

옮긴이 **김은모**

일본 문학 번역가. 일본 문학을 공부하던 도중 일본 미스터리의 깊은 바다에 빠져들어 헤어나지 못하고 있다. 옮긴 책으로 유키 하루오 《방주》, 《십계》, 아오사키 유고 《지뢰 글리코》, 치넨 미키토 《유리탑의 살인》, 《이메르의 거미》, 이마무라 마사히로 '시인장의 살인 시리즈', 고바야시 야스미 '죽이기 시리즈', 우케쓰 '이상한 시리즈' 등이 있다.

신 게임

1판 1쇄 인쇄 2025년 11월 25일
1판 1쇄 발행 2025년 12월 5일

지은이 마야 유타카
펴낸이 문준식
디자인 공중정원
제작 제이오

펴낸곳 내 친구의 서재
등록 2016년 6월 7일 제2020-000039호
주소 서울시 성북구 정릉로 305, 104-1109 우편번호 02719
전화 070-8800-0215 **팩스** 0505-099-0215
이메일 mytomobook@gmail.com **인스타그램** mytomobook

ISBN 979-11-91803-52-5 03830